时光里的父亲

SHIGUANG LI DE FUQIN

唐贾军 著

U0734823

北京出版集团
北京出版社

图书在版编目(CIP)数据

时光里的父亲／唐贾军著. — 北京 ：北京出版社，
2023. 10

ISBN 978-7-200-18263-7

Ⅰ．①时… Ⅱ．①唐… Ⅲ．①回忆录—中国—当代
Ⅳ．①I251

中国国家版本馆CIP数据核字（2023）第173384号

时光里的父亲

SHIGUANG LI DE FUQIN

唐贾军　著

＊

北 京 出 版 集 团
　　　　　　　　　　出版
北 京 出 版 社

（北京北三环中路6号）

邮政编码：100120

网　　址：www . bph . com . cn

北 京 出 版 集 团 总 发 行

新 华 书 店 经 销

中煤（北京）印务有限公司印刷

＊

889毫米×1194毫米　32开本　5.75印张　72千字

2023年10月第1版　　2023年10月第1次印刷

ISBN 978-7-200-18263-7

定价：25.00元

如有印装质量问题，由本社负责调换

质量监督电话：010-58572171

父在，观其志；父没，观其行；
三年无改于父之道，可谓孝矣。

——节自《论语·学而》

| 一 |

这些年，我一直想写点关于父亲的文章，每每思忖良久却始终无从落笔。我想象过很多动笔的契机，但是总感觉动力不足。严肃地说，这是个态度问题。对于可有可无之事，我向来比较慵懒。然而没有想到，此次终于促使我提笔写作的缘由，竟然是来自父亲去世的打击。

父亲去世之后，我怀着悲痛与失落的心情开始尝试写一些关于他的故事。直到这时，我才开始思考他人是如何描写父亲和父爱的，也正是这个时候，我才慢慢地从描述父亲的故事中寻求慰藉和思念。

记得我读过这么一段话："你之容颜不在，你之意志不复，你之前路漫漫不从抵达，所以孩子来了。

他们将带着你的印记，见山，见水，见前路漫漫；带着你的意志前行，做你所不做，成你所不成，爱你所不爱。"

这段话放在我们的文化中去理解，父与子的关系就是一种延续和传承的概念存在。古人有祭祀的传统，祭祀祖先最重要的是继承祖先的精神意志，所以不难理解，父子之道便与这祭祀传统有着根深蒂固的联结。我们所知的三纲五常者，其中父子恩就是极其重要的一环。人们认为由父子之间的关系衍生出的孝道，是维系社会运转的重中之重，也是构成中国传统文化的基石。但是，这样的父子观念是被西方的某些观点鄙弃的。如果孩子的人生和父辈重合，始终带着父辈的影子，那么如何体现出独立自主呢？那就不是自己了。我不评论孰是孰非，只是单纯地站在我们的文化中去思考这个问题。对于这样的父子关系，我称之为一种命运感，或是使命感，也就是冥冥之中的注定，尽管我们曾经叛逆，但是最终的人生会在一定程度上和父辈的脉络产生交集，这是别人替代不了的，这就是留在我们骨子里的东西。

历史故事中，许多父亲的形象基本上是一个模子印刻出来的。比如司马光以身作则教子俭朴，王羲之教子入木三分学书法，曹操颁发《诸儿令》明示管教之法，曾国藩熟读古今历史严苛训子。这样的例子不胜枚举，似乎都佐证了只有严厉的父亲才能教导出优秀的孩子，这仿佛根深蒂固地形成了我们传统文化的一部分。有人评价说，《红楼梦》里贾政和贾宝玉的父子关系，正是中国古代父子关系的真实写照。贾政一直扮演着严父的角色，一味地要求贾宝玉读书识字，期盼他成才为官，荣耀门楣，所以从没有给过好脸色，不是骂便是打。贾宝玉一想到父亲便会头疼，感到畏惧，心生逃避。我想，其实他们父子间是有着剪不断的亲情的，但却只能各自深藏在心里，无法表达出来。

所以，从中国的古诗词中，我们会发现有许多直接表达对母亲的思念和感恩，却鲜有表达对父亲的这类感情。中国传统的父子感情，永远有着一层隔阂，心中炽烈，却有着不能亲近的疏离感，并羞涩于用言语表达，显得生硬而又淡漠。能感受到你爱我、我也爱你，但这种爱往往隐藏在心底，唯有等到生死离别之际，才会不能自已地用泪水发泄出来。

父亲去世后，我开始努力回忆他曾经与我说过的每一句话，一点点写与他有关的故事。我并非小说家，也不是职业的说故事者，所以只能将这些记忆的片段前后对调，再小心翼翼地粘贴衔接，把它们拼凑成一个完整的东西。这类私人化的小说，能引起多少读者的兴趣，我并不知道。但是，我还是鼓起付诸文字的勇气，用以缅怀父亲。

讲述父亲的故事之前，我想有必要把父亲去世前的情况做个铺垫，也正因于此，才激发了我的写作动力。

|二|

二〇二二年十二月中旬,北京正面临着新冠病毒肆虐的困境。气象部门又发布寒潮蓝色预警,让冬日的京城平添一股肃杀冰冷之感。

新闻里每天都在更新疫情的最新情况,很多人莫名其妙地在家就被感染了。父亲每周都要去一趟医院做透析治疗。我有些担忧,告诉母亲,希望父亲能暂停一段时间。

母亲明白其中利弊,但是她更担心的是父亲的透析置管,她说如果不去医院做透析,置管恐有引发血栓的风险。

我带着母亲的顾虑向医生做了咨询,医生回复得很干脆,疫情风险和血栓风险之间只能做取舍。我再三央求医生给个建议，他犹豫了半晌，勉强回答说，与新冠相比较而言，血栓应该不至于有生命危险。

母亲最终还是冒着风险，独自去了一趟医院。她担心父亲的身体，决定在家自行为父亲做透析封管的处理。但由于不大懂得具体操作，加之缺少一些封管所需的材料，她不得不去医院找医生求助。

三天后，母亲阳了。隔天，父亲也阳了。

父亲仅高烧了两天，体温便趋于正常，虽然父亲神情有些委顿，食欲明显不好，基本不吃东西。但看着朋友圈里不断传来的坏消息，不管怎么说，我觉得总算渡过难关了。

我庆幸了三天，突然凌晨接到母亲的电话："你爸爸的血氧测不到了，血压极低。"母亲的声音急促，显然有点慌神失措。通常，母亲极少这样失态，我意识到她遇到了棘手的问题。

我马上拨打了120。了解了父亲的情况后，调度员帮我做了多次加急申请，并提醒我说，如果条件允许的话，最好的方式恐怕只有自行开车前往医院了。我反复拨打电话，万幸，三个小时后，救护人员终于赶至家中，将父亲送到了医院。

急诊室里，护士测量了父亲的血压、血氧和心电图，同时给他做了新冠病毒抗原检测，结果依然是阳性。父亲此时精神尚可，蜷缩在走廊的椅子上望着我，他的姿势让我想起了受伤的小动物。他问："你是谁啊？"我笑了笑，回复他说："我是小军（我的小名），您的儿子。"他接着又说："你认错了，我不认识你。"我凑近他的耳边，再次重复说："没认错，您是我爸。""哦。"他这才点了点头，脸上漾出一丝满意的笑容。

父亲并非老年痴呆。这两年来，不知从何时起，他每次见到我都会故意装作不认识的样子，然后一脸期待地等着我的回答。

楼道里闹哄哄的，挤满了看病的人，大都是在咳嗽的老人。护士在走廊里跑来跑去。急诊室的门时不时被推开，寒冷的空气便顺势涌入，贯穿整个楼道。母亲这才发现由于离家匆忙，没有带上厚实的衣服。

我借了件外套给父亲披上，但是母亲心里依旧不踏实。她又说，轮椅也忘了带，出院的时候要用。她打算回家，但被我起身阻拦了。我觉得她是过于神经敏感了。

住院过程还算顺利，医生检查了父亲的病症后，透析科专门安排了病房，配备了专业的护理人员。母亲和我悬着的心终于放了下来。她对我说："看到你爸爸住进医院就放心了，不然在家里真是没有一点办法。"我点头称是。

| 四 |

父亲住院的当天晚上，一通紧急电话把我和母亲重又唤回到了医院。办公室里，一个圆脸短发、戴着黑框眼镜的中年女人坐在桌边，自我介绍说是父亲的主治医生。

她神情凝重地告诉我母亲："病人的各项指标很不好，我们判断基本上是处于衰竭状态了，所以你们要做好思想准备。"

母亲甚是惊慌，反问医生："住院的时候不是还好好的吗？"医生说："那只是你们看到的表面现象，实际上病人已经很虚弱了。"

她拿出一张病危通知书，上面写着父亲的诊断结果以及病情进一步恶化的多种可能。她说："请你们确认一下抢救的措施，然后签字吧。"

母亲用哀求的口吻说："医生，请您全力把他救回来好吗？"医生报以职业性的回答："我们肯定尽力，但是以病人目前的情况看，我们觉得很难，恐怕就是这两天的事情了。"她说话很是耿直，丝毫没有婉言婉语。我想，在她眼里，这样的事情不过是每天都司空见惯罢了。

母亲有些哽咽，她继续追问："三天后是我们的金婚纪念日，您看病人能坚持到吗？"医生摇了摇头，遗憾地说，以她从业二十多年的经验看，几乎没有可能。

当我离开办公室的时候，医生再一次唤住我，认真叮嘱说，这两天可以了解一下父亲身后事的流程了，医院的殡仪馆在地下一层，有必要的话可以提前预约一下。

她的话再度令我产生强烈的抵触，尽管我相信她所言非虚，但是情感上，我不喜欢这样实话实说的医生。

|五|

我走进父亲的房间，屋里弥漫着医院里特有的消毒水和棉被混为一体的气味。

父亲躺在病房靠门的床上，全身无力地仰卧着。插满针管的右腿软绵绵地伸直（药物需要通过右腿的透析置管进行注射），身体一动也不动。他是个瘦小的男人，因营养不良，看上去给人一种更加瘦小的感觉。

父亲的额头上盖着一块蘸湿的毛巾，护工说他开始发烧了，但还没有到高烧的程度，所以医生说最好给他物理降温。父亲睁着眼睛呆滞地望着空中的某一点，当我们走近时，他稍微转动充血的眼睛看着我，注视了十秒左右，然后又将柔弱的视线转向空中的某一点。

当我看到这样的眼睛，便理解了医生的话，父亲或许真的不久于人世了。干裂的嘴唇边上长满了杂草般的胡子，手臂上满是长期注射或是输液后留下的瘀血痕迹。在他身上几乎看不到生命力，只能找到一个生命的微弱迹象，就像一间所有家具都被搬空的旧房子，只有等待解体的命运一样。

"现在怎么样，你觉得好没好点？"母亲贴在他的耳边，用麦克风试音般的说话方式问他，"好没好点？"

父亲徐徐嚅动着嘴唇说："不好。"他的回答不像是在说话，更像是把喉咙深处的干燥空气吐出来。

"哪里不舒服？"母亲关切地看着他。

"都……不好。"父亲说。看样子，他虚弱得已经无法说出完整的句子了。

床边是张放东西的小桌子，除了输液的机器外，水杯、温度计和营养液就摆在上面。我打开下面的柜子，里面空空的。我犹豫明天是否买点什么东西，尽管父亲已然吃不下什么。

"爸，想不想吃点西瓜？"我问他。这是他平日里最喜欢的水果。

"不要。"父亲说。

"要不要榨点西瓜汁？可以润润嗓子。"我努力劝他。

"不要。"父亲回答。

"大后天就是我们的结婚纪念日了，今年是金婚啊。"母亲带着哭腔，抚摸着父亲的手说，"然后再过三天就是元旦了，你坚持住。把病治好了，我带你回家。"

我拍了拍母亲的肩头，试图安抚一下她那即将失控的情绪。

父亲仿佛对此毫无反应，也许他没有听到母亲的话语。他仰卧着，一直凝视着天花板。他偶尔眨一眨眼睛，深呼吸时鼻子会轻微隆起。我们对他说话，他也不会作答。他那浑浊的意识底层所思所想是何，我猜也猜不透。

|六|

第二天，护工告诉我们，我父亲的体征指标趋于稳定，人也有点精神了。我和母亲赶到医院的时候，他正在做透析。

同屋里又住进一个中年胖子，他时不时地咳嗽几声，喝几口放在枕边的白开水后，便侧身横卧，看着我们，一言不发。护工悄悄告诉我，他忌讳屋里有人离世，那会影响他的情绪。

母亲坐在床头同父亲说了许多话，她把许多琐碎的事情都一一告诉父亲。例如二姑一家还有他的弟弟们这两天想来看望他，部队的老战友们也想找个时间给他打个电话，以及老同学们发微信问候该如何回复之类。对于她说的每一句话，父亲只是嗯一声应她而已。到后来，父亲低声说句"我累了"，便不再言语。

中午，医生交接班，查房的还是那个圆脸的女医生。我和母亲出去在走廊上等。医生出来时，母亲问她："好像指标还不错，是不是有希望恢复？"

"已经很明确告诉你们了，恢复是不可能了。目前病人就是靠药物维持着，直白地说，仅仅就是维持生命的长度。"她的声音平淡如旧，带有一种探讨科学的语气。她又说："一旦药物停下来，或者是药物不起作用了，那么病人的病情就会很快恶化。"

医生离开后，母亲小声嘟囔着对我说："我怎么就不相信她的话呢，我总觉得你爸爸会挺过这个难关的。"这个时刻，我心里也抱有同样的念想。

出于对父亲的担心，我让母亲自行回家休息，我留下来晚上继续陪护父亲。

傍晚时分，圆脸医生来查房的时候，看到了我。她说："你母亲今天过于乐观，但你要有清醒的认识，人要学会接受现实。"我说好的。她俯身看了看父亲，又看了看监测仪的数字，转过身来缓缓对我说："能不能熬过今天都很难说哪。"

| 七 |

　　父亲静静地躺在床上，我握住他有些冰凉的手。我想和他说点什么，但是他闭着眼睛，我只得沉默不语。

　　我坐在他床边的椅子上，暗暗祈祷父亲能够平安无事，同时观察他鼻子不时抽搐的情形。接着我想到，如果在我陪伴期间，父亲就这样离去，那未免过于残忍了。

　　父亲仅仅是沉沉入睡而已，我把耳朵凑上前去，听到他轻微的呼吸声，这才心安。监测仪显示指标总体平稳，但时不时因血氧下降而触发警报，导致气氛紧张。护士提醒我，要给父亲的手指多做些按摩，因为血液循环不好导致手指冰凉，所以血氧仪才会误报。

我遵从护士的嘱咐,一个手指一个手指地帮父亲摩挲,大约一个小时后,血氧指数恢复到了很好的水平。

半夜,父亲突然醒来。我用毛巾擦拭他的额头,他直勾勾地盯着我,一言不发。我俯下身,在耳边说道:"我是小军,您知道吗?"他轻轻点点头。

"要喝水吗?"我问。他又点了点头。他的嘴唇明显干燥且颤抖。我拿出一个小玻璃杯,从水壶里倒了一点温水,然后用棉签蘸湿,在他的嘴角和舌尖部反复涂抹。看他的喉咙微微抽搐,我便试着喂他喝水。还没有抿下一口,父亲便开始剧烈咳嗽。他摇了摇头,表示不想喝了,仿佛用力摇头会痛的样子,他只是稍微摆动了一下。

我用纸巾擦了擦他的嘴角,见他眼睛始终睁着,我便轻轻摩挲着他的眼皮,想让他合眼休息一会儿。但是我的手一挪开,他便又用困惑的眼神一直看着我，似乎想要说什么。

　　我把耳朵凑上去，他用干涩微小的声音说："你要好好活着，不然我可不答应。"他的声音又干又细。霎时，我泪如雨下。

|八|

凌晨五点，母亲匆匆来到了医院，见父亲安然入睡的样子，于是更加坚定自己的信念。"医生的话未必完全可靠呢，你爸爸很坚强，一定能挺过来。"她信心满满地对我说。

早上，圆脸医生走进来。当她看见父亲的时候，我注意到她微微流露出意外的表情，想必是她低估了父亲顽强求生的意志。当她检查完父亲的情况后，母亲用自我肯定般的语气对医生说，昨天晚上指标一直很好，父亲应该能坚持到明天的金婚纪念日了。圆脸医生不置可否，将昨日的说辞对我们又重复了一遍。她试图降低我们的预期，而因母亲报以反感，遂沉默不语。

上午，天气晴朗。阳光很快洒满了整个房间。屋里的两个病人还在熟睡中。我坐在椅子上也不禁打起瞌睡来。窗旁的衣柜侧壁上悬挂着一张日历，十二月的字眼告诉人们现在是冬日。护士依然走来走去，用清晰的声音交谈着。她们会定时走进来查看父亲的情况，然后在笔记本上记录下父亲的体征变化情况，这是一级护理的必要流程。

"放心吧，叔叔挺好的。"有一次，护士对我母亲微笑着说，"阿姨，您也多注意身体，早点回去休息吧。"母亲连连称谢，看得出来她相当开心。

下午三点左右，父亲的体温升到了 38.4 摄氏度，心率陡然升高，仪器上显示为 180 次 / 分。护士立即轻车熟路地注射了降低心率的药剂。一个小时后，父亲的心率才逐步恢复平稳。

傍晚时分，圆脸医生再度把我唤到办公室。她开门见山地说："虽然目前药物还在起着作用，但其实你父亲的各项指标都在下降，这是个不好的征兆。我觉得恐怕也就在今天晚上了，所以你早做安排为佳。"
见她如此言之凿凿，我瞬间惶恐不安。

　　"别告诉你母亲，让她回去休息吧。我担心她受
不了刺激，你一定要照顾好母亲。"医生好言劝慰我
说。这次，我相信她确实是一番好意。

|九|

晚上，我遵循圆脸医生的嘱托，将父亲的寿衣送至病房后，径直去了医院地下一层的殡仪馆。

殡仪馆位于住院部后面，穿过长长的走廊，尽头便是殡仪馆的大门。我敲了敲门，没人应答。门缝里透着光亮，想必应该有人。

门没有锁，我索性推门进去，迎面是一个小型追悼厅。靠门的左首位置堆放着不少纸棺，一瞥下来约有二十具。中央是停放灵柩的地方，四周的墙壁上挂满了花圈。

我刚喊了一声"有人吗"，一个瘦高个的男人便从侧屋陡然冒了出来，问我何事。我告知是来咨询丧事的。他问："病人走了吗?"我说目前还好，但医生说也许就是今晚。他告诉我，病人走了自然会有医生来通知，家属不用麻烦。接着，他又问我打算火化的具体时间，我回答希望是第三天。他从兜里掏出一张纸，边看边说："看目前的情况，三天五天都说不好。建议你们追悼会提前开，具体火化时间再等候确切的消息。"

我回到病房，父亲还在昏睡，但呼吸明显急促起来，我知道这是肺部缺氧导致的。看着父亲毫无血色的脸颊，我突然难受万分，我害怕失去他，害怕他再也起不来了。

庆幸的是，父亲一夜安稳，并没有出现令我心惊胆战的一幕。

| 十 |

　　早上，母亲怀抱着一捧花束，风尘仆仆地走进病房。她穿着红色绸缎面的棉服，戴着一顶灰色的设得兰羊毛八角帽，脖颈儿处还精心围上一条黄蓝相间的纱巾。母亲说，她两点就醒了，无论如何也睡不着，提心吊胆地怕父亲坚持不到今天。

　　母亲吩咐我说："给我和你爸拍个照吧，你爸爸答应陪我一起过金婚纪念日的，他真做到了。"

　　我拿着手机，对着父亲的方向摆好了角度。母亲俯下身抚摸着父亲的额头，一遍又一遍地轻轻呼唤着他的名字。她呢喃地说："醒醒好吗？今天是我们的金婚纪念日，你看，这花多好看！"

　　父亲虽然意识已经模糊，但他仍然能听出母亲的声音。他颤颤巍巍地伸出右手，挣扎着想要握住床边的扶手。母亲急忙把花束贴近他的脸庞，他喘息了一会儿，这才努力地从花束里摘下一片白色百合花瓣。

由于过于虚弱，花瓣从父亲的手里飘落，落在了他的鬓角处。母亲伸手想帮他掸开，他却举着手试图推开母亲的胳膊。我走近父亲，听见他哑着嗓子说："你走吧，走吧。"

母亲开始哽咽，问父亲："你有什么话想跟我说？"我看到父亲的眼角处缓缓漾出了泪水，他仿佛用尽全身气力一般，一字一句说道："永不分离。"

圆脸医生和护士走进屋，见到父亲如此情形，不禁动容地说："你爸爸还真是坚强。"闻言，我放声哭泣。

在我们同医生说话的间隙，父亲很快又昏睡过去。母亲问医生："还有三天就是元旦了，您看他还能坚持下去吗？"圆脸医生一改往常的淡漠，安抚母亲说："我们一定尽力，用最好的药，必要的时候，我们还会请呼吸科、重症科的医生来帮助，您放心。"

医生离开后，母亲伫立在父亲身边。我让她坐下来休息会儿，她不肯。她久久地望着父亲的脸，然后转过身对我说："你爸爸真是个好人，不仅对我，他对你更是挂念。平日里你工作忙，他看不到你，就在家念叨你的名字。有时候念叨得我都烦了，我就说他为什么不直接给你打个电话啊，他就不吭声了。"

母亲的话，让我内心感到愧疚。我走到父亲身边，仔细凝视着父亲的脸。坦白地讲，我发觉自己从没有如此认真且长久地看过父亲的脸。这是一张忧戚多于安详的面庞，父亲的眼睛并没有完全合拢，我凑近他的面庞，他的眼睛仿佛在与我对视。我不知道父亲的目光里究竟藏着什么，在这瞬间，我仿佛又回到了过去，回到了记忆中那个久远的年代。

|十一|

　　父亲经历了很多事，他自身的经历颇有传奇色彩。但他不喜欢多谈自己的成长经历，尤其是不愿和我讲起（当然我也从未主动问过）。他与我讲得最多的是唐诗宋词和历史典故。

　　在我的记忆里，大约五年前的某天晚上，父亲曾郑重其事地叫我到他的书房去，说想跟我讲述我的爷爷和他年轻时的故事，虽然这些故事我以前断断续续都有所听闻。那年，父亲已经被诊断出患有抑郁症，他经常说，他应该活不过当年了。那晚，我单纯以为是他的抑郁加重，对父亲所说的内容并没有那么上心，反而劝他注意看病吃药。结果父亲大为光火，对我发了很大的脾气，负气很长时间不愿理睬我。现在回想起来，那时他应该是有意识地讲给我听的，希望我记下来。

父亲出生在吉林省乾安县一个叫作大发字井的村屯里。我还在上小学的时候，跟随父亲去过那里。我们先是坐火车到达长春，然后转乘长途汽车到达乾安车站，最后坐着骡子拉的平板车去到祖父家，算下来单程至少需要十五六个小时。我不由得感慨，真是一个偏远的地方。

其实，乾安的地理位置相当不错。县志资料中记载，从春秋战国起直至清代，乾安县境内属于东胡、鲜卑和契丹等民族的游牧地。清朝和民国初年，那里变成了内蒙古哲里木盟郭尔罗斯前旗属地。后来蒙王债台高筑，默许来自关内山东等省和邻近的农安等地的垦荒者居住，当然他们要缴纳少量赋税。接下来，一些民国新贵也看到乾安水草丰茂，土地肥沃，人烟稀少，是放牧、垦荒的理想地方，所以纷纷来此开荒占草。于是，在乾安县建县前，那里已出现了一个个开荒者聚居而成的自然村落。

听老一辈人讲述，张作霖统治东北的时候，他的拜把子兄弟张作相听说这里很是荒芜，于是决心立县开展建设。乾安当时还没有县名，风水师说此地处吉林省西北方，与八卦顺序的"乾"方位相吻合。此外，境内多土匪，所以再取了个"安"字，有借地安民之意。

张作相按照村屯制的做法，将乾安县每三平方公里见方划为一屯，称之为"井"，全县当时共有三百多个井。村屯起名很有意思，据说是按照《千字文》依序择字给每个井起的名，每个井取《千字文》中的一个字，然后再缀上"字井"二字。至于为何父亲出生的屯叫大发，如此俗里俗气，实在是不得而知。

父亲说，其实我们的祖籍原本在山东，有一年黄河改道泛滥，老家正在黄泛区，生活不下去了，我的祖父大约就是那年离开的家乡。

|十二|

关于我的祖父，我还是要写点什么。我没有经历过那个年代，父亲也鲜少和我讲有关祖父的事，所以在我的印象中，关于祖父的信息委实有限，大抵我所知道的只是个残缺不全的故事。

父亲说，祖父是挑着一副担子，一路逃荒要着饭闯关东的。祖父住过牛棚，蹲过马圈，给人家干过零活儿，当过长工，但凭着一身力气和老实忠厚的为人，终于在人生地不熟的乾安县站住了脚跟。

渐渐地，祖父挣到了钱，家业也越做越大。最多的时候，我们家有几十垧地，大约几百亩的光景。房子也有几十间，骡马几十匹。祖父本是精明能干之人，他不仅开着饭馆、打米厂，还经营着纺织厂，引进了很先进的纺纱机和织布机。家里雇了几十个工人，当地人都开始称呼祖父为老掌柜的，称呼父亲是二少爷。

由于祖父很认乡亲，也讲义气，山东老家的亲戚、乡里乡外的人都动了投奔祖父的念头。

曾经，我问过父亲："这些人都去乾安了吗？"他告诉我，不仅他们去了，甚至就连他们的亲戚邻里也都跑过去了。隔三岔五就有上门找老爷子求助的，甚至还有深更半夜来敲门的。

听说，凡是来投奔我祖父的人，无论认识的还是不认识的，祖父都毫不犹豫地接纳，不仅管吃管住，还尽力帮着谋个差使立足。对年轻小辈儿们，祖父还热心给张罗婚事，让他们成家立业。

祖父的人际关系很好。有一年，祖父得了肠道炎，拉痢疾。伪满政府的警察偷偷给祖父送信儿，说日本人要来查卫生，他们一发现病人，不管什么病统统拉走给打一支药，人就没命了，家人也见不到。

祖父听到信儿，连夜偷偷藏在地窖里，总算躲过了一劫。

祖父家家道中落的时候，大约是在解放前夕。抗日战争胜利后，日军战败撤离了中国，苏联人也完成了使命，从东北撤回了国内。时局混乱，祖父的纺织厂被洗劫一空。后来东北地区胡子（东北民间对土匪的称呼）横行，祖父的骡马也被胡子抢光了。

中华人民共和国成立初期，全国各地开展轰轰烈烈的打土豪斗地主的运动。一旦被定性为地主阶级，是要被打倒被批斗的。于是有人向县政府举报祖父是不折不扣的地主阶级。

听父亲说，当时县委的领导大都是当年闯关东过来的，都受过老爷子的恩惠。所以县长很气愤地斥责举报人，说老爷子这辈子帮了那么多人，是个大好人，做人要有良心。

不过为了避免定性出问题，县里悄悄让祖父把土地按照比例，分给了所有的子女和乡亲。就这样，土改划成分，我家算独立劳动者。

过了两年，祖父又开起了工厂，在当地还颇具规模。到了公私合营的时候，祖父又第一个主动把工厂捐给了国家。虽然家底儿没了，但是日子倒也平平安安。只是全家十几口人，都依靠着祖父几十元的工资生活，祖父确实受累了。

祖父去世时，我刚上初中，对他的印象很模糊。屈指一算，我应该见过祖父三回。其中有两次是暑假我随父亲回家乡探亲，有一次是父亲把祖父接到北京，在家中住了几天。父亲的书案下有一张祖父的相片（应该是仅有的一张），看样貌像是中年时期在照相馆拍摄的。相片里，祖父穿着一袭熟麻布料的长衫马褂，头上戴着富贵帽，脚蹬圆口布鞋，稳稳地端坐在四脚板凳上。我怎么看，都觉得他和电视剧里的地主是一般模样。所以，有很长一段时间，淘气的我都对外人宣称自己是地主家的孩子。

父亲说，祖父临终前心里一直挂念着他，所以一直坚持着等他回来。父亲给祖父剥了一瓣橘子，尽管祖父当时已经吃不下东西了，但是怕父亲失望，还是努力咽了一小口。

　　当天晚上，祖父离去了。他走得很安详，在父亲的怀里停止了呼吸。这些场景是父亲回北京后告诉我的，那是我第一次看见父亲落泪，他哭了很久。

|十三|

　　相较于许多人对父亲模糊残缺的记忆，我对父亲的记忆，可谓相当完整。毕竟从牙牙学语开始，我便一直与父亲生活在一个屋檐底下。即使结婚后，我仍然和父亲住在同一栋公寓楼里。那是父亲以方便照顾他生活的名义，代我买下的一处居所。现在回味起来，其实在他的内心深处显然是一种截然相反的想法。

　　于是，我开始仔细回想我同父亲相处的经历，认真思考父亲究竟是以何等形象出现在我的记忆中。但在这一特殊时刻，突然清晰起来的，仍是属于父亲成长时期的那一段过往。

　　前面说到，祖父家后来家道中落，父亲和兄弟姐妹的生活明显拮据起来。当时，一家十几口人的吃饭就是个大问题，祖父和祖母却从来没让孩子们挨过饿，还想方设法让孩子们有干净整洁的衣服穿，从不让人笑话。

"穷人的孩子早当家"，这句话当真不假。父亲上小学的时候，就有了替父母分忧解难的意识。父亲告诉我，他曾经数度带着年幼的弟弟们跑到铁轨那边，等煤车来的时候偷偷扒点碎煤补贴家用。祖父知道后，气得狠狠揍了他，训斥说不好好学习读书，便是最大的不孝。自此，父亲果然牢记着祖父的话，在学习上从未有过任何懈怠，成绩自然出类拔萃。

父亲如愿考上了白城一中，那是吉林省省级示范中学。但是去白城读书，学费和生活费将是一笔不小的开支。家里还有那么多的弟弟妹妹要照顾，因此父亲一度准备放弃。祖父知道后，坚决不同意。他说，老唐家一定要出个读书人，既然父亲有这个能力，那就好好地把书读完，等有出息了，弟弟妹妹就能沾光。于是，父亲背负着祖父的殷切希望，去了白城读书。

父亲说，祖父果真从没有拖欠过学校一分钱的学费。后来得知，为了节省点钱，祖父每次回山东老家的时候，都买站票，一站就是二十多个小时。路上也没钱买吃的，随身只有两三个苞米馍，即便长了毛，祖父也舍不得扔，实在饿了就就着点白水吞咽下去。

有一次，祖父在车上遇到一个打篮球的运动员。他说："老爷子帮我看着行李吧，我打个盹儿。"于是，祖父还真是恪尽职守，一直抱着运动员的行李，一动不动地站了半宿。运动员醒来，见老爷子如此辛苦，十分过意不去，想塞给祖父一些钱，祖父自然不肯收。最后，运动员送给了他三个苹果，他这才没有推让。当然，祖父是不舍得吃这些苹果的，他带去山东老家孝敬他的父母了。我不知道父亲是如何知晓这些事情的，小时候总是将信将疑。后来听父亲的兄弟们也这样说，我才逐渐相信了。

"这辈子，我亏欠老爷子太多了！"每每说到祖父的事情，父亲便会忏悔似的自言自语。

|十四|

在白城一中上学期间，父亲不但成绩依旧名列前茅，而且担任了班长职务。关于父亲上学的这段经历，他给我讲述得不多，或许这些事他不想和任何人说起，我有这种感觉。告诉我这些事情的，是他在白城一中的同班同学。

他有两个交往甚密的同学，后来考入了北京大学东语系，毕业后均留校当了老师。多少年后，我也考入了东语系，时不时会见到他的这两个老同学，他们偶尔会跟我讲一些父亲的故事。"你爸爸为人太过耿直，所以容易得罪人。"父亲的老同学向来这样评价他。

高考的时候，父亲和他们一起报考了北京大学。听他的老同学讲，父亲担任班长期间，特别乐于帮助同学，因此和学校分管学生工作的领导发生了争执。究竟因为何事，我至今也不知道，依稀听说是父亲做了些为民请愿之类的事。总而言之，他让学校的领导记恨于心了。待到高考成绩单下来，这个领导遂起了坏心，故意扣下成绩单没有给父亲，结果父亲错过了填志愿的日期，最终没能上大学。后来，学校有好心的老师还是把这件事悄悄告诉了父亲，其时已经过去数年，于事无补了。

父亲的老同学时常感慨地对我说："以你爸爸的学习成绩，考入北京大学不是件难事。当初，我们三个在白城一中的时候，就互相较劲比成绩。我们还约定上了北大之后，继续比拼呢。可惜了，造化弄人。"

我无法设身处地地去感受，只能凭空想象父亲当时的心情。我猜测大抵是颇为愤怒吧，又或许更多的还是沮丧。仅凭他不肯与我谈及这段过往这一点，我想这样的遭遇势必给父亲的心理带来了极大的阴影。即便随着时间的流逝，这些痛楚也还是会在某些时刻不期而至，让他毕生难忘。

|十五|

父亲用焚烧书籍的方式，表达他的愤怒。一如项羽火烧阿房宫的气势，他把上学用的全部课本连同他的人生理想全都付之一炬。最后，他回到了家中，跟着祖父下地务农。

父亲后来对我说，这段日子是他人生中的一个坎儿。他沮丧了很长一段时间，心灰意冷，对任何事都丧失了兴趣。另外，他也不敢面对祖父，觉得无比愧疚。

其实，父亲心里是割舍不掉学习的，他原本是一个爱读书之人。颓废的状态大约持续了一年，父亲逐渐接受了现实。他一边干着农活儿，一边开始找左邻右舍借一些书看。虽然当时他还不知道继续读书的意义何在，但是父亲说，至少看书可以帮助他更好地思考人生。

祖父不想父亲碌碌无为，他跑到县城里托人找了不少关系，总算为父亲在县政府里谋了个文员的差使。在祖父的眼中，这是一个相当体面的工作哪。毕竟文员属于有编制的人，只要父亲工作得体，将来在县里总能有个一官半职。

祖父很高兴地把事情告诉了父亲，父亲听了却默不作声，并没有流露出欢天喜地的神情。其实，父亲心中一直是不甘于平凡的。"男儿生世间，及壮当封侯。战伐有功业，焉能守旧丘。"父亲开始打算自己去拼搏一番。

从这件事上，可以看出父亲是一个相当要强之人。他告诉我，是小时候的一件事促成了他这样的性格。有一次，他羡慕邻居家有自行车，于是私下借来学着骑，很快他便能熟练地骑行起来。刚好祖父回来撞见，祖父对他说，有本事自己挣钱去买，靠借有什么出息。父亲说，当时这句话对他而言，分外地刺耳，从此他就打定主意，凡事一定要靠自己，决不求人。

我能够感受到，这件事情就像一枚烙印，深深地镶嵌在了父亲的内心深处。纵观父亲一生，他倔强要强的秉性从未有所改变。

|十六|

　　父亲听说县人武部在做征兵动员工作，他没有和祖父商量，私自跑到了县城应征入伍。父亲当兵走的那天，祖父没有去送他，后来父亲才知道祖父在家里大哭了一场。这是父亲常挂在嘴边，特别愧对祖父的一件事。

　　父亲说，当时并不知道参的什么军，也不知道将来何去何从，完全是凭着一腔热忱和冲动去的。

　　在我的记忆里，父亲说他到了部队才知道，他们属于空军工程兵某总队。这是一支从事防空工程建设的专业部队。父亲所在的连队经常转战各地，负责开山炸石等危险工作。父亲有许多情同手足的老战友，都是在那时结下的深厚友谊。

父亲在部队的故事，我所知甚少。他曾说，刚入伍的时候，他会把扫地的笤帚藏在床底下，这样起床的第一时间，他就可以拿着笤帚去打扫营房；他会主动承担夜里执勤站岗的任务；他还会帮战友洗衣服和袜子。总而言之，他付出了比其他人更多的努力和汗水，很快父亲便被提升为副班长。

　　我记得，二十世纪八十年代我国歌坛有一对著名的二重唱歌手，是当时中国流行音乐的代表人物。父亲有时会指着电视屏幕上那对歌手中的一位，打趣地和我们说："这小子别看现在有模有样的，当年也是我手下的兵。"

　　因为父亲隶属空军，我小时候一直天真地认为父亲应该是开过飞机、去过前线、参加过战斗的。父亲坦白说，这些他都没有经历过。唯一接到过的战斗任务，就是奔赴中苏边境去修路，那年好像我国刚刚结束珍宝岛自卫反击战。大家猜测，下一步可能会爆发大规模的战争，许多人已经将遗书写好，准备邮寄家中。父亲说，那是他第一次感受到战争原来可以那么遥远，也可以那么近。后来，父亲的部队在整装待发之际，任务又突然取消了。所以，父亲自始至终没有上过战场。

|十七|

父亲是在北京与我母亲相识的。任务取消后，部队被派往了山西省某地修建机场。在那里驻扎尚不满一年的时候，部队又接到了上级下达的"三支两军"的任务。

经历过那个年代的人，应该都晓得这个事情。"三支两军"是人民解放军在那个年代执行支左、支农、支工和军训、军管任务的简称。

父亲接到命令，被派遣到北京航空工业学校担任学生们的军训教官。母亲那时刚好在那所学校读书。

我不知道父亲是如何与母亲走到一起的。父母很少提及这段过往，但是我能够确定，是父亲主动追求的母亲。母亲曾经不经意提起过，父亲追求她的时候，会送给她军装作为礼物，也会给她写很长的信。母亲说父亲的文采好，斐然成章，辞趣翩翩。我能理解母亲当时的心情，那是一种由解放军英雄式的感染力激发出的少女浪漫主义想象。父亲去世后，我在整理他的笔记时，偶然看到了这样一段文字："她年轻时是个美人坯子，长发及腰，静若处子，贤淑厚道；说话办事中规中矩，从不飞短流长，虽非大家闺秀，但却是小家碧玉；在学校的时候，她是跳伞队、舞蹈队、女排校队的队员，竟然能选择和我这样的穷小子在一起，她在我的心里是那样可心可意。"字里行间透着父亲对母亲朴实真切的浓浓爱意。

真正促成父母婚姻的，听说还是我外婆。母亲说，她原本对和父亲交往一事有过犹豫，因为父亲所在部队会随时待命转战全国各地，婚后两人势必是要两地分居的。而且，将来父亲会落户何方也尚未可知。如若离开北京，母亲是有些不大情愿的。

父亲还是跟随母亲登门，正式拜见了我的外公和外婆。他有些惶恐，去时特意用一根扁担挑着许多礼物。那次见面谈了些什么，我不得而知。过后，外婆对母亲说，这个小伙子靠谱，很懂礼貌，说话得体。我的外公平日里老实巴交，对家里的事情很少言语。对于我母亲的婚事，他觉得怎么都可以。外婆对他的心不在焉很是不满，说外公的心思只在他养的那一缸金鱼和笼子里的一对虎皮鹦鹉上。

父亲和母亲确立恋爱关系后，由于母亲年龄尚小，不能马上结婚，因此，整整四年的时间，他们是靠通信往来的。这期间无论是亲友还是母亲单位的同事，出来做反面工作的不少。她一个北京姑娘漂漂亮亮的，干吗非要找一个外地人，不是傻吗？母亲曾经也动摇过，但是每逢这时，外婆就出面做思想工作，她说答应的事情不能变，做人要信守承诺。为了让父亲安心工作，外婆还会经常写信给父亲，给予他支持和鼓励。

外婆非常欣赏父亲。她膝下只有三个女儿，我母亲是长女，所以她一直把父亲当作儿子来看待。尤其是遇事的时候，她从不偏袒我的母亲，还经常会站在父亲的角度指出母亲的缺点或问题。仅仅这一点，就令父亲感激涕零，说外婆是他见过的世上最善良的人。事实上，外婆确实没有看走眼，父亲对外婆的照顾也格外细致，他说有时候感觉比对自己的父母还要上心。

|十八|

　　我见过一张我幼年时的黑白相片。我坐在一个简陋的秋千上，后面是一片沙砾土地的操场，略显荒凉。父亲说，这是在兰州军区空军大院里拍摄的，那时的我还没有记事儿。

　　父亲成婚后，接到赴兰州空军宣传部担任干事的调令。当时部队驻地在一个叫作夏官营的地方。大多数人对这个地方都很陌生，甚至包括兰州当地的人。因为当时，它甚至在地图上都找不到。

　　夏官营在兰州东几十公里的榆中地区。据说是当时的空军司令员乘飞机在西北视察时选定的地方。当年为了做好战备，兰州空军便在这里建起了办公楼、家属区、干部宿舍、礼堂和大门围墙。

　　母亲说，她每年都会抱着我坐火车一路向西，去兰州军区探望父亲，照片就是那个时候拍的。她说，夏官营那里光秃秃的，毫无生活条件可言，没想到解放军战士这么艰苦。

父亲和母亲聚少离多，除了给母亲写信之外，他依然保持着读书的好习惯。多年以后，我偶然翻到父亲的兰州老战友写给他的一封信，内容大致是回忆他们一起在兰州空军的日子。信中提到了夏官营，写道，兰州空军机关后面有个生产队，靠着一点薄田糊口。父亲他们这些没带家属的单身汉，下班没事干，便三五成群地遛田埂，大家比着背唐诗宋词，还有《红楼梦》诗词。（从这点可以看出，当时部队里的学习氛围是相当浓厚的。）可惜，后来兰州空军搬回了兰州，那块地就给了兰州大学，办公楼、宿舍、食堂全拆了，一点痕迹都找不到了。老战友在信的末尾告诉父亲，夏官营的那段时光，他毕生难忘。

父亲在兰州军区工作的第二年，部队搞文艺演出比赛。父亲朗诵了一首自己创作的题为《锹飞镐舞架天梯》的诗歌，是歌颂空军工程兵事迹的。没想到，这首诗歌受到了热烈好评，获得了特等奖，还在空军机关报上发表了。父亲说，他在部队一下子就出了名。当时，空政宣传部的政委注意到了他，还特地去见了父亲，鼓励他好好工作，多写文章。父亲受到了首长的表扬，于是倍加努力。很快父亲荣立了三等功，被评为部队的先进典型。由于父亲太过要强，那一年患上了疲劳综合征，反复地彻夜失眠。这个病伴随父亲终身，痛苦始终折磨着他。

过了两年，有一天，部队首长忽然把父亲叫到办公室，说是有份宣传材料要父亲执笔，四五千字。布置好题目后，首长要求父亲三天内交稿。父亲也没多想，两天就完成了任务。不久，部队任职通知下来，父亲被提干成为军官，调北京工作。父亲这才明白，当时写材料实际是在考察父亲患了疲劳综合征后是否还能写出像样儿的文章。就这样，父亲回北京了。

学习改变命运，在父亲身上体现得淋漓尽致。父亲对政委的知遇之恩，更是铭记在心。

| 十九 |

　　父亲来到北京时，空军政治部没有提供合适的宿舍。母亲当时带着我，和外公外婆还有母亲的两个妹妹住在一起，一家六口人挤在西单北大街缸瓦市的一处平房内，面积不足二十平方米，居住情形可谓逼仄窘迫。

　　房子属于我外公供职的北京市自来水公司。那个地方拆迁后成为西单商圈的黄金地段，平房被推倒后盖起了一座座商厦。现在的西单 109 婚庆大厦就在我家的旧址上。

　　仔细回忆，我们当时应该是住在一个四合院里。因为大门口有一对圆形抱鼓石的门墩儿，上面雕刻着祥禽瑞兽。根据"武圆文方"的说法，这里也许曾经是武官的宅邸。大门的门楣是三对六棱柱形的木雕，门下台阶也有三级。据外公猜测，这个武官的品级是相当高的。解放前，日本人曾占据过这里，到解放后，这里便成了北京市自来水公司的房产。

和外公一起搬进来的，还有七八户人家。因为原来的厢房使用起来极不方便，所以大伙儿商量了一下，决定把厢房拆掉，重新扩建出来了一间间平房。慢慢地，随着每家人口的增多，院里的空地快被房子挤满了。

父亲到来，我们能够一家团聚，自然是件开心的事。但是怎么落脚也确实令人犯愁。外公在院里寻了几圈，终于在邻居家的厨房后面发现了仅有的一小块空地。向邻居央求半天，他总算同意借给我们用。

当时，我们缺少盖房子的材料，父亲到郊区找了许久，也没有着落。政委知晓此事后，当即派了一队战士，从营房处协调了一点砖、瓦和水泥，几天工夫就在空地上盖起了一间崭新的平房。虽然房子冬冷夏热，但父亲总算有了自己的蜗居。

父亲由于长期在外地工作，对没能帮母亲分担过家务心存歉意。回来后，他对母亲无原则地迁就，凡事都要自己身体力行，不肯让母亲受累。母亲从那时候起，就像个大小姐，享受着父亲的宠爱。后来父亲时常自我检讨说，自己养的菩萨只好自己供着，他着实把我母亲惯坏了。

|二十|

下面谈谈父亲与我的一些情况。

"记得还在牙牙学语的时候，我便坐在父亲的膝上，依在他的胸前，父亲一字一句地教我背诵唐诗。这些启蒙教育使我受益匪浅，不仅为后来的写作丰富了词汇，也教会了我一些为人处世的道理。"

上面这些话，并不是我说的，而是出自父亲之笔。五年前，父亲执意要出版诗集与随笔，并嘱我写序。以他的人脉关系，找些名人题词作序并非难事。但是他几经考虑，还是坚持让我这个做儿子的动笔。在他看来，平常之人，写平常之事，不必攀附名人。儿子写序，会更显亲情，更有意义，更有味道。不久，他又以我行文不够流畅为由，说替我捉刀了。

于是，父亲从他的视角，以我的身份写出了上面这段话。他认认真真给我念的时候，我觉得这些话未免有点矫情。

在我的眼中，父亲的形象并非如此温情脉脉。相反，他如同秦皇汉武一般，带着平六国、荡匈奴的威严气势出现在我的面前。他对我的教育态度，便是我必须臣服于他的意志，如有违背，他必严惩。

为何我会有这种深刻印象呢？缘于我记事儿比较早，大约三岁时便对外界事物有了记忆。比如，我至今仍然能够回忆起，母亲抱着我，坐在防震棚中的长条板凳上的情景。当时天空下着雨，地上泥泞不堪。那时刚发生了唐山大地震，北京地区受到了地震的波及，老百姓们不敢回家居住，就在户外的空地上搭建临时棚。那年雨水很大，许多防震棚漏水，所以大家得用脸盆接水。长大后，我偶尔跟父母和其他长辈提起这个场景的时候，他们很是诧异，认为是我杜撰的，因为那么小的孩子根本不会有如此深刻的记忆。

事实上，博闻强记确实是我的天赋，我起初并没有发觉自己的这个优点，但是从小时候的点点滴滴看，我确实比其他孩子显得聪明得多。

|二十一|

　　说到小时候与父亲有关的记忆，应该从父亲第一次掌掴我开始。那是父亲刚回到北京时发生的事。

　　母亲说，当时父亲在教我学习算术，关于三加二等于几的问题，我似乎无论如何都不开窍。即便父亲耐心告诉了我答案，但是一盏茶的工夫，我又忘得一干二净。如此教了一个下午，待到晚上，父亲再度问起我这个数学问题时，我便胡乱从一开始挨个数到四。我的行为终于让父亲的耐心消磨殆尽，他对有这样愚钝的孩子感到生气，于是怒不可遏地掌掴了我，我的鼻血瞬时流了出来。疼痛让我感受到有生以来的首次恐惧，我猛然意识到，这个男人，我称之为父亲的人，自此将正式出现在我的生命中。

与大多数军人家庭不一样，我自小确实是在父亲的陪伴下成长起来的。母亲是一位十分出色的工程师，在航天系统工作，负责军用飞机地平仪等军工产品的生产与检测。当我国自主生产的二代机歼-6、三代机歼-10在电视上亮相的时候，母亲非常自豪，她告诉我，这些飞机用的就是他们军工厂的产品。父亲回北京后，她便一心一意地投身于革命工作，加上工作单位离家远，所以父亲就义不容辞地担负起全部家务，洗衣、做饭甚至包括对我的教育。

我家附近有一个公园，叫作玉渊潭公园，现在是北京著名的赏樱之地。过去，它的名字叫八一湖公园，园里有一个很大的湖泊，是个野湖，我们称它为八一湖。

我刚上小学的时候，每个周末的午后，父亲骑着自行车，我坐在后面，抱着父亲的腰。我们沿着公主坟，经过军事博物馆，一直来到八一湖旁。当时公园免费对外开放，湖水很干净，很多孩子在夏天的时候，随随便便就去湖里游泳，家长基本都不会管。湖里的鱼很多，还有河虾、蝌蚪之类的水生动物。我喜欢用绳子拴住玻璃瓶，里面放些馒头渣儿，然后抛进水里等待着小鱼小虾落网。可惜，每次我都毫无收获，两手空空。

父亲通常就坐在离我不远的地方，他带着马扎，看书学习。后来才知道，父亲回北京后，读了个夜大，在首都师范大学中文系学习。

我捞不到鱼的时候，会跑到他的身边，求助于他。他不想读书被打扰，通常让我自己想办法。有一次，他见我实在委屈了，这才跟着我到湖边，给我演示如何抓到这些机敏的鱼。那一次，父亲在湖里帮我捞到了一条很大的泥鳅，我欣喜若狂。

母亲后来得知，父亲这么放任我独自在野湖边抓鱼，不禁为我的安全感到担忧。她埋怨父亲，水深草多，孩子也不会游泳，这样多危险呀！最终在母亲的坚持下，父亲不再让我去湖边抓鱼了。

同时，他也认可母亲的话，觉得我应该先学会游泳。他不会游泳，于是让我自己带着救生圈去湖里闯荡闯荡。我下水的第二天就出了意外，原因是在我附近游泳的一个女人，因为脚抽筋惊慌失措，把我的救生圈给夺走了，害得我差点淹死。

从此，父亲再不敢让我去湖边了。也从那时起，我对水产生了条件反射般的畏惧，甚至每次淋浴时都会紧张。有一次，外公给我洗头的时候，不小心淋进了我的眼睛，我不由自主地大声喊救命，惹得邻居误以为我家人在虐待儿童，差点报警。

|二十二|

等我上了小学三年级，父亲觉得这是应该努力上进的时候了。于是，他开始给我制订学习计划，其中最为重要的，便是我每日需熟练地背诵一首唐诗，他会每天晚上回家检查。按照他的计划，我大约在一年内是可以牢记《唐诗三百首》的。

父亲之所以有如此高的期许是有缘由的。我记得还在上幼儿园的时候，每周末都会收听收音机广播中的评书节目。记忆最为深刻的当数刘兰芳大师的《岳飞传》和《杨家将》。不知出于什么原因，每听完一个段落，我便热衷于模仿她的腔调反反复复讲给周围的人听，即便对方很厌烦，我也不以为忤。我的模仿虽称不上惟妙惟肖，但拿腔作调上却也有点意思，幼儿园的老师很快就察觉到了这一点。

平日里，大多数幼儿园在午休后会播放《小喇叭》节目。"嗒嘀嗒，小喇叭开始广播了。"这是八十年代小朋友最熟悉的声音。尽管我所在的幼儿园条件很不错，但是播音器材时不常会出些小故障。每当这时，老师都会搬起小凳子，示意我坐在全班小朋友的正前方。老师说："今天下午你给大家讲故事吧。"我也不怯场，便口若悬河般讲了起来。一来二去，隔壁班的老师听说了，隔三岔五地请我去串场。英雄终有用武之地，不但我的虚荣心得到了极大的满足，而且我再不用四处强拉听众了。

老师对父亲说，这孩子相当聪明，好好调教，会是个不错的苗子。自此父亲坚定了培养我成才的信念。他对我的能力一向坚信不疑。但是对于他的期许，我却有着强烈的叛逆感。

就拿背诵唐诗这件事来说，我便采取典型的狗熊掰棒子式的消极行为——今天记住，明天便忘了。为此，我挨了父亲不少揍。《唐诗三百首》于我而言，无异于一部血泪史。总而言之，我最终能够勉强记得大部分内容的时候，父亲才得到少许宽慰。本以为背完唐诗之后能够得到解脱，孰料接下来，他竟然开始要求我背诵篇幅更长的唐宋辞赋。从那以后，我挨打的次数更多了。虽然父亲的教育方式不敢恭维，但是效果是显而易见的。比如唐代诗人杜牧的一篇《阿房宫赋》，我至今仍能够像说绕口令般流利背诵。但若让我放缓速度，一字一句地说，则是万万不行的。

见我辞赋背诵得多了，父亲又开始将目光落在"四书五经"上。听闻父亲开始侃侃而谈大学中庸之道，我不免有些胆战心惊。幸好，这样可怕的情形并没有出现。

纵观我读书上学的这些年月，恐怕我的表现大都是令他失望的。说到底，我当时对学习这件事相当抵触，虽然考试的成绩还算出众，但无非是依仗有一些小聪明罢了，谈不上多么刻苦。和他年轻时候勤勉的学习态度相比，当真是云泥之别。父亲对我的行径大为光火，时常恼怒于如此优越的学习条件，而我却不知珍惜。我想，父亲应该将他那被耽误的学习时光视为一种不可弥补的遗憾，为此，他铆足了一切气力，一定要把我培育成才。

可惜我终归无法圆满地实现父亲的期许，此时此刻颇感遗憾。但在当时，我却不曾这样认为，我千方百计地试图与父亲对抗。因此，父亲对我总怀有相当不满的情绪，我则长时间感受着压抑和痛苦。

这种压抑总是萦绕在我的心头，潜意识中形成了某种恐惧，或者可以说是无意识的愤怒。直到我毕业工作以后，我还偶尔会梦到父亲逼迫我背诵古诗文的情景，背诵不出来就有大事不妙的感觉，然后便听到父亲那严厉的训斥，犹如暴风骤雨般急遽且猝不及防，醒来时总会出一身汗。

| 二十三 |

　　小学四年级以后，父亲的教育变得愈加苛刻。他会毫不走样地照搬军队的管理模式，以此为准则检查我的一切学习问题。比如书包里是否整洁没有杂物啦，课本的书皮包得是否平整啦，家庭作业的笔迹是否工整啦，等等。倘若出现一丁点的问题，父亲就会怒气冲冲，动辄将书包里的物品悉数倒出，或将书皮扯下令我重新包。当看到笔迹潦草的作业时，他常常不由分说便将作业本撕毁，然后呵斥我去楼下小卖部买来新的本子重写。久而久之，就连经营小卖部的大叔都司空见惯了。每每看到我，他便带着同情的眼神，默契地递来崭新的作业本。偶尔他还会多赠予我一些，说是以备不时之需。

当然这些只是父亲吹毛求疵的表现，他对成绩的要求，则更加不近人情。父亲理所当然地认为小学生的功课再简单不过了，每门考试若非满分，那就意味着我偷懒了。所以每次等待出成绩的那段时间里，我就提心吊胆，夜不成寐。我猜测大概就是在那个时候形成的叛逆心理吧。我至今依然清清楚楚地记得我离家出走的情景。

有一天，我被父亲再次严厉地训斥后，心里忽然想，如果我逃离这个家，是不是就可以自由了。那时候，我的祖父还健在。我衡量再三，决定回东北老家，投奔我的祖父。我打算向祖父原原本本列数父亲对我的暴行，那架势像极了古代含冤之人要进京告御状。

接下来，问题来了。首先，我并不知道老家的地址，毕竟懵懵懂懂地跟着父亲回乡之时，我只记得两个地名，长春和乾安。我可以肯定的是，从长春坐长途汽车是可以到达的。其次，我缺乏支撑我出走的盘缠。

幸好，和父亲相处久了，我对父亲的一些习惯还是相当熟悉的。比如，他习惯将一把家门钥匙搁在屋外门楣上，那是为防止丢失而采取的土办法。当然，更重要的是，他喜欢把当月领来的工资夹在一本书里，再放入书柜中。具体为何他要如此操作，多年后，我曾经想过问他，但是最终还是忘记了。

无论如何，我隐忍了一个星期。终于在一个阳光明媚的中午，当看到父亲将工资放入书柜，仿佛起义前夕的勇士一般，我心情激动起来，我知道时机终究来了。

我下午并没有去学校，看到父亲午休结束，骑车上班后，我悄悄返回家中，轻车熟路地把父亲的工资席卷一空。为了省点路费，我从公主坟空军大院一直徒步走到了北京火车站。到达车站时，已经是傍晚五点了。

我在售票窗口说买去往长春的车票时，售票员告知当晚去往东北的车次在长春站并不停靠。我想了想，便问有没有离长春最近的站可以前往。她查了查，很快告诉我长春下一站是三棵树，火车会在那里停。这个地名至今依然深深烙印在我脑海里，尽管我从没有去过那个地方。我后来才搞清楚，三棵树站在哈尔滨，它距离长春还有一百多公里之遥。但是以我当时稚嫩的认知，我异想天开地以为，只需如同从家走到北京站一般，走回长春应该是轻而易举的事。

车票买妥后，我又买了八罐水果罐头，还有两盒糕点。其中一部分是给自己路上吃的，一部分是打算作为土特产送给祖父的。火车出发时间是晚上十点四十分。时间尚早，我在候车室坐了一会儿，便觉得百无聊赖，只怪自己走得匆忙，没有带上一本可读的书，不禁有些遗憾。

邻座是一个看上去老实巴交的男人，我请他帮我照看一下行李，他痛快地答应了。于是，我在站内信步闲逛，看着熙攘的人群中有不少带着小孩的父母，一种孤独感涌上心头。我对自己这次冲动的出走，有些后悔。途经楼上的电影厅时，听见大喇叭广播说，电影厅正在放映电影《少林寺》。尽管我已看了不下四五回，但是为了打发冗长的时间，我还是买票进去了。

|二十四|

　　电影结束时，不过晚上八点左右。距离发车时间尚早，我不想回到候车室发呆，于是漫无目的地继续在车站里溜达，我沿着左边的大厅一直走到右边的大厅，再从右边的大厅返回左边，如此反复走了许久。

　　当我再次从左边大厅走出时，蓦然在正对面的人群中，看到了父亲的眼睛。他同时也看到了我，我本能地折身逃离。父亲立即大喊："抓住那个小孩，抓小偷！"我由衷地体会到，那个年代，充满正义感的人委实太多。听到父亲的呼唤，我周围立即拥出四五个见义勇为之士，他们果敢地卡住我的脖子，反剪我的双手，将我按倒在地上。那一刻，我对父亲的愤怒到了极点。

"别打他，是我儿子！"父亲边喊边快步跑到我身边，生怕这些有着无比正义感的人再对我施以拳脚。不久，我的母亲以及父亲带的几个战士也都纷纷赶来。车站派出所很快得知发生了治安事件，民警也赶到现场，将我们带回了派出所。

　　母亲向民警解释了事情经过。父亲下班后，发现我没有回家，顿觉可疑，遂找到我的同学询问，得知我下午并没有去上学。父亲心智机敏，嗅到了其中不寻常的信息。回家后，他细心地发现书柜被动过手脚，打开书一看，果然钱不翼而飞。他告诉母亲，直觉告诉他，我应该是离家出走了，带了那么多钱，想必应该是去火车站了。于是，父亲带了四五个战士，母亲也喊来她的妹妹，一行人便来到北京火车站，寻觅我的踪迹。好巧不巧，父亲站在大厅，面对茫茫人海正在犯愁之际，一下子就看到了我。电视剧中那么多的偶然，都是出自编剧的构想，但是我的经历确实如此，如假包换。

记得那天晚上，我在派出所内充分展现着我的表演天赋。面对警察还有车站的工作人员，我声情并茂地哭诉着在家里的不幸遭遇，毫不留情地揭露着父亲对我的苛刻行为，我总结父亲就是不折不扣的法西斯主义。父亲那天出奇平静，并没有发火。最后回家的路上，他独自坐在汽车的前排，一言不发。

很快，父亲与我商定城下之盟，他会尽量克制对我的打骂行为，而我也不得离家出走，如果实在委屈了，可以允许我到外婆家暂避。事实上，父亲确实变得克制了许多，但是我的行径却有些不齿。一提起父亲，我便喜欢形容他那法西斯式的教导方式，以此博得众人的同情。"你真是活着不易啊！"每一个听完我遭遇的人，都会发出这样的感慨，我便颇为得意。

父亲其实是知道这些事的，我在背后诋毁他的那些话语，他或多或少有所耳闻，但是他从来没有跟我提及。现在回想起来，在某种程度上，我恐怕是伤了父亲的心。

|二十五|

父亲评价我的性格具有典型的冷热病特征。兴致起来了，便热情洋溢地去追求，一旦丧失了兴趣就迅速变得淡漠。所谓"来得快，去得也快"，因此，他很少对我的兴趣爱好给予关注。

我刚刚上小学六年级的时候，莫名其妙对中国象棋产生了兴趣，至今我都记不得起因为何。当时，我曾央求母亲买一副象棋，她以面临升学不能玩物丧志为由拒绝了我。我只好偷偷摸摸去同学家借象棋玩，越玩越上瘾。我还买来棋谱研究，为了防止露馅儿，我在棋谱外面套上语文、数学等课本的封皮，装作一本正经学习的模样。

没多久，父亲就发现了我的小伎俩。我心中忐怃，担忧自己或许从此再也无法接触象棋了，一股"创业未半而中道崩殂"的悲凉心境油然而生。

那天，父亲情绪不坏，没有动怒。他问我："学象棋想做什么？"我说："想参加比赛。"他又问我："可以做到不影响学习？"我说："肯定不会。"他便没有再说话，把棋谱还给了我。我偶尔还会去同学家练习，棋谱自然不敢明目张胆在家看，我担心他突然反悔。

过了一周，父亲买了木板、钢锯、刻笔等材料，开始在家打磨起来。起初，我对他的行为并没有在意。

这里要补充一点，父亲和母亲确实称得上能工巧匠。家里的衣柜、沙发都是父亲亲手打造的，而音箱、收音机等家电更是出自母亲之手。后来，我们乔迁新居，准备处理这些沙发和音箱的时候，一位司令员的夫人听说了，嘱咐她的女儿找到我们，花些钱买走了。父亲当时很感慨，这位开国将军的家人生活竟然如此俭朴，实在可敬。

父亲拼装出一个枕头大小的木头盒子。他开始在盒子表面一笔一画地勾勒楚河汉界的时候，我这才发现，父亲其实是在制作一个可以装象棋的便携式棋盘。当父亲将崭新的棋盘和象棋递给我的时候，我宛如接受御赐之物的臣子一般，受宠若惊。

那一年，父亲帮我报名参加空军大院的少年象棋比赛，我鬼使神差地获得了第一名，颇有些意外。随后我代表羊坊店地区参加海淀区的象棋比赛，我有如神助般地又获得了第二名。这些荣誉后来居然成为我中考志愿的加分项，人生总是有着许多意想不到。

长大后，我细细回想起来，父亲对我的关心其实很多，但是我唯独对父亲打造棋盘这件事记忆犹新。我后来曾和长辈们提及这件事，但他们并没有因此改变对父亲的刻板印象。受我多年诋毁父亲的影响，不少人还是坚持认为父亲对我始终过于严厉，我从小被父亲打怕了。不能真正还原父亲的形象，未免有些遗憾。

|二十六|

二十世纪九十年代初，美国有一部电视剧叫作
Growing Pains，译名为《成长的烦恼》，曾经一度引
发收视热潮。这是一部以家庭生活为主轴的情景剧，
讲述了杰森·西佛医生与他的三个孩子的故事，片中
开朗调皮的迈克深受观众喜爱。

父亲断断续续看过些许，他不无感慨地说，其实
真正烦恼的并不是孩子，而是父亲。我相信他这是触
景生情之言，身为他的儿子，我从来不属于乖巧温顺
的类型，在学校里各种调皮捣蛋的行径，无时无刻不
在刺激着他的神经。我不仅有过在女同学铅笔盒里放
毛毛虫、在老师鞋底撒图钉、用水浸泡粉笔、假冒他
人名义杜撰情书的斑斑劣迹，还有过追求所谓武学，

怂恿一众小伙伴攀上颐和园北宫门外三尺高的城墙，在教导老师惊恐的目光中，比肩纵身鱼跃而下的壮举。如果学校设立老师家访排行榜的话，我自忖自己必然居于榜首。

班主任为了约束我的不羁行为，特意将我的课桌放置在讲台下，像极了航空飞机上头等舱的待遇。当然不止于此，老师还设立了"监军制"，委派一个老实巴交的短发女生，负责观察我每日的一言一行，然后记录在案，大有秋后算账之意。我试图"贿赂"她，她不假辞色地回拒了，并一五一十地将我这些事迹也写了进去。我逐渐对她失去了耐心，开始百般刁难起来，那些日子她没少哭鼻子。有好事者揣测我在追求她，毕竟在他们眼中，男生喜欢女生的表现就是故意欺负她，惹她生气。对此言论，我不置可否，短发女生对我愈加恨得咬牙切齿，直言我的罪恶罄竹难书。

那个年代，写检讨书是老师教育学生的通行手段。大多数学生是惧怕写检查的，根本原因在于需要家长签字，很多人往往在签字这一关要遭受不少皮肉之苦。为了应对这一难题，同学们纷纷铤而走险，这一切我都亲眼见过。我见过有用裁纸刀将家长的签字裁剪下来贴在检讨书上的；也见过试图用临摹或者拓写的方式进行描画的；当然也有甘冒大不韪，捏造理由"抗旨"不交的。但他们终究——被老师识破，下场颇为惨烈。

我必不可免是写检讨书的专业户，究竟该如何应对，我煞费苦心地总结了"先烈们"的经验教训，终于发现了一个好办法。

常人往往有写文头的习惯，而我却故意留白，只是轻描淡写一段我近日在学校的表现，丝毫看不出任何检讨的意味。请父亲签字时，我告知这是校方的例行要求。父亲对此没有丝毫怀疑，于是在纸的最右上角处龙飞凤舞地署上名字，这是他当领导签字的习惯。

当父亲签完字后，我再回到自己的房间，字斟句酌地把真正要检讨的问题和悔改的承诺写出来。最后，我在留白处工工整整地写下"检讨书"三个大字，一切是那么行云流水、天衣无缝。这样的操作，我屡试不爽，我为自己的这点小聪明倍感自豪。并且我也没有理由不相信，在那段日子里，我的写作潜能觉醒了。

如此大约过了一年，终于东窗事发。起因是更换了教导老师，新老师是一个充满激情且易于感动的年轻姑娘。她从未见过如山般的检讨书，且大部分都出自我手。所以她决定在家长会上用我的事迹树立一个典型，树立起一个永远在进步道路上前进的有为少年的榜样，激励全年级调皮捣蛋的学生们要努力奋进。

那是一个晴朗的下午。年轻的教导老师铿锵有力、充满激情地介绍了我的事迹，接着赞扬了父亲那百折不挠地教育子女的精神和毅力，终于让如此顽劣不堪的学生没有误入歧途。最后她犹如颁奖一般将厚重的一摞检讨书递到了父亲的手中，仪式感十足。窗外头顶的云彩在缓慢地移动，光线在变，屋内的一切都仿佛在变化，唯独父亲一动不动地站在讲台前。他表情严肃地瞪着我，那种严肃深刻地渗入他的眼神里，肃杀的气息弥漫开来。

晚上，父亲仔细问了原委，我一五一十地坦白交代，心下也明白，这种欺瞒行径实属不可饶恕。我还记得父亲当时一脸的惊讶，但他神情中的惊讶不久就转为气恼，最后，汹涌的情绪却渐渐平息。

父亲并没有对我棍棒相加，这是我记忆中破天荒头一遭的事情，它异乎寻常地背离了我对父亲行事风格的逻辑判断。

父亲写下这么一句话："诚者，天之道。思诚者，人之道。"他一言不发地坐在椅子上，虽然脸上没有显露出恼怒的神情，但依然有一种威逼感。当然，这种感觉不是直接的，是间接的，因为我再不能读懂他。在这之前通过对他的所有认知，我已经有了能预先判知将会发生的事的能力。但是现在就此完全失去了效应，我不由得莫名地恐惧起来，反而期盼父亲不如暴跳如雷，给我一顿皮鞭算了。

夜深了，父亲并没有入睡的打算。母亲试图劝他早点休息，他断然拒绝。他用笔将每一页检讨书上的签字画掉后，再在空白处写上"诚实做人"四个字。这是我第一次由衷地体会到父亲内心的苦楚。想必对于我这样不诚实的作为，他当时是失望至极的。

父亲大约三个月没有理睬我，这份滋味实在难受，但也让我牢牢记住了"诚实做人"这四个字。

|二十七|

　　我愈发能够感觉到，父亲应该是希望他的人生理想，由我这个当儿子的去实现。随着规矩越来越多、要求越来越高，我们在认知和情感上的冲突便愈发强烈而明显。父亲的个性相当倔强，他也许想直截了当地讲明自己的看法，但是往往口是心非，想必他碍于父亲这个角色，不愿轻易袒露内心的真实想法。

　　我在某种程度上，不折不扣地继承了父亲的性格特点，遇强则强。我会时刻抱着"宁为玉碎不为瓦全"的信念，与父亲不断斗争，每次都是以我的失败告终，究其原因主要是父亲仅凭借"我是你老子，你就必须顺从"这句话，就占据了道德的制高点，他是坚决不允许我挑战和质疑他的权威的。但他鼓励我去质疑所有其他的权威。

　　关于我们父子矛盾的细节，我不想说得太多，在这里就只简单地讲一讲，真要细说，那说来话长了，而且都是些家长里短的事。

　　单拿我交女朋友这件事来说，父亲前后的态度便迥然不同。他起初旗帜鲜明地禁止我在大学毕业前交女朋友，而我早在小学时便已经情窦初开了。于是，父亲如同简·奥斯丁的《傲慢与偏见》中的贝内特夫人一般，采取各种匪夷所思的手段，试图阻止我早恋的发生。他曾毫不留情地轰走楼下等待我一起上学的女生，也曾以我的名义接听女生拨打给我的电话，种种行为让我敢怒却不敢言。及至大学毕业前夕，他忽然又态度反转，希望我马上有一个可心的女友，争取毕业就结婚生子。男人成家才能立业，他说这些事应该早点办了，这样我便能够安心干事业了。

　　读大学的时候，由于住在学校，我和父亲的关系有些疏远。那时他正忙于他的出版事业，所以对我大学成绩的要求倒也不苛刻，不追求让我成为周遭钦佩的好榜样，只要好赖没有多么糟糕就行。这并非他甘心降低对我的要求，事实上，他清楚地知道，我面临的竞争是多么激烈，所以成绩适中即可。

我认为，在大学时应该充分感受青春的魅力，比起中学时代，应该多读喜欢的书，多听喜欢的音乐，多去户外运动，和同学们结伴旅游，等等，这些会更有意义。父亲则认为，大学时偶尔玩一玩无可厚非，但是他建议我在寒暑假期间尝试勤工俭学，早点积累一些社会经验。父亲的建议，对我而言，只是命令的一种婉约表达。我当然不能拒绝。

虽然勤工俭学并非我的初衷，但是经济上的收入让我觉得，这并非坏事。我先后打过不少零工，比如做过图书推销员，跑到各个公司去出售父亲单位出版的图书；做过酒吧的侍应生，能拙劣地调制出几款鸡尾酒，做出一些看上去不那么精致的果盘；我给日本人当过家庭教师，结果遇到一个同性恋，赶紧辞职逃之夭夭；我从事过漫画书的翻译工作，后来发现被牵线搭桥的书商狠狠剥削了一笔，我仅拿到市场价格三分之一的报酬。最后，我去了一家很出名的旅行社担任导游，这份兼职干得最为长久。但我不善沟通，也不喜坑骗日本游客，更不会巴结旅行社负责派团的小领导，所以辛苦半天，并没有攒下多少积蓄。看着宿舍同学和女朋友花前月下，我当时相当气恼，对父亲也颇有怨言。

当然，如今我再回头想想，自然能笃定，父亲当时的建议是正确的，与许多虚度光阴的大学同学相比，我的这些人生经历，弥足珍贵。

|二十八|

我刚参加工作的时候，依旧和父母住在一起。结婚后，我搬至他们的楼下居住，仍在同一栋公寓楼里。可以这么说，我从小到大，几乎没有离开过父亲的身边。跟父母住得近了，常有各种鸡毛蒜皮的小事冒出来，我和父亲的关系变得更加紧张。

我入职一家从事图书进出口的企业，结识了一批与我年龄相仿的同事。他们和我一样，都是同一年毕业一起入职的热血青年。那时，我们下班后几乎都不愿回家，喜欢结伴去打台球，喜欢一起去量贩式KTV唱歌，喜欢去夜店跳迪斯科，更喜欢通宵达旦在网吧打游戏。我当时认为，这就是我希冀的青春模样，年轻人原本该快乐无忧。

父亲见不惯我这样的生活方式。他不止一次地对我说，一个人应该始终保持着上进心，不该如此声色犬马、虚度光阴。我感觉，这种话他至少和我讲过一百遍了，可父亲还是不厌其烦地娓娓道来，就像是第一次在讲它。我自觉已经长大成人，内心极为反感父亲教育小孩子一样的方式和内容。

对父亲的话，我无动于衷，不知悔改。于是，父亲常常用他独有的方式来表示他的愤怒。我周末习惯很晚回家，有时候和朋友玩得尽兴了，便忘记了时间，最晚一次回到家都凌晨两点多了。而父亲则在十一点的时候，便将我的被褥和枕头团成一个包裹，扔到了楼道里。他说："家不是你的旅馆酒店，不是你在外面玩疯了才知道回来歇脚的地方。"父亲粗鲁的管教方式，让我们的关系变得更加扭曲，我很长时间都不和他说话，也不会联系他。

母亲说，其实父亲一直在心中惦记着我。他每天晚上都开着灯，在屋里坐着等我回来，一旦听见屋门响动，他就立即关掉台灯，装作早已入睡的样子。这是很多年后，母亲特意告诉我的。母亲问我："你还记得家里曾经养过的那只猫吗？"这让我想起一段与父亲有关的往事。

我曾经养了一只白色的波斯猫，那是朋友出国时暂时让我帮忙代养的。那只小猫的毛色很漂亮，十分可爱。因为我经常不在家，所以往往是父亲在照料它。有一个周末，我睡到晌午才起床，看到父亲去超市买了很丰盛的食材。他在厨房里忙碌一番，做了红烧肉还有红焖虾。

我等了许久，没有听到母亲召唤吃饭，更没看到父亲的踪影。我有些诧异，走到阳台，发现父亲正端着刚做好的肉和虾，耐心地喂着小猫。见我在身后，父亲像是自言自语地说："猫狗尚懂得感恩，知道何以为家。做人要是不知好歹，岂不是连猫狗不如？"

我晓得父亲话里有话，其实是说给我听的，心中负气，找个理由又出门了。母亲说："其实你父亲看见你在家的时候，心里开心极了。他早上就张罗买了你爱吃的东西，想和你一起好好吃个饭。可是他那张嘴就是忍不住，心里明明想着你，却总不肯承认。"细细回想起来，父亲就是这样的人，他渴望和我有亲密的父子关系，但是却总要以严厉的姿态出现在我的面前。

我和父亲成长于不同的年代，生活环境的不同注定我们拥有迥异的思维方式，形成了对人生的不同看法，这是再自然不过的事了。当然，如果我们能心平气和地从对方的角度出发，便会有很好的沟通与交流，也许情况会有所不同。不过那时正值年轻气盛的我，压根儿从未想过寻求一种更好的和父亲相处的方式。因为我还年轻，我单纯地希望父亲能够理解我，而没有想过父亲的内心究竟是怎么样的。父亲性格倔强，也从不肯与我真正说些什么，他同样单纯地期待我会懂得他的良苦用心。所以，我和父亲都不肯主动妥协。发生冲突的时候，他选择的是压制或者沉默，而我选择的是逃避和依旧我行我素。于是，我们彼此之间的隔阂愈加明显。我相信，世间有许多人同我们一样，有着相似的经历体会，当然这不存在对与不对之说。这是大多数父与子所经历的必然阶段。

|二十九|

　　我和父亲开始认真交流的时候，是我参加工作后的第三年。那一年，我接到公司派驻日本东京代表处工作的紧急调令。派遣我的理由是：当时在东京办事处只有两位年长的女性，由于长期在外，她们之间未免产生不少嫌隙。为了缓解矛盾，公司认为应该再派一个年轻的男性，或许可以协调这样的人际关系。这个理由听起来实在是莫名其妙。总之，我就背负着这样的使命在日本生活了两年。

　　我至今还清楚地记得出发那天的情形。由于是第一次离开家，且又是只身前往异国他乡，所以父母和外公、外婆均来到机场送我。母亲和外婆含着泪水，依依不舍，神情凄凄戚戚，与我平静淡然的模样形成了鲜明的对比。我想起杜甫的名篇《兵车行》，里面有这么两句话："耶娘妻子走相送，尘埃不见咸阳桥。牵衣顿足拦道哭，哭声直上干云霄。"诗歌形容的是父母送孩子上战场的情景，可我毕竟只是出国工作，不理解为何同样惹得她们如此悲伤。

父亲在旁侧沉默不语，他等母亲她们说完之后，这才走到我的身旁。他说，出国就两三年，不用惦记家，没事别老想着回来。我应声点头。"如果以后打算长期留在日本，我也不反对，男子汉可以有自己的追求。"他看着我，似乎想从我的脸上看到答案。我摇了摇头，告诉他我没有这方面的长远打算。

父亲想了想，又对我说："国际电话费不便宜，那点工资别都花在电话费上。你平日里也可以写一些在那边的情况，哪怕是豆腐块的文章也好。"紧接着，他补充道："你外婆和你母亲想看。"父亲其实想借机锻炼我的写作能力，他又不愿意明说，所以假借写家书的名义，希望我能够上心。当然这是我后来才明白的，也正是父亲这句叮嘱，让我开始逐步走上写作的道路。

在我要走入国际安检通道的时候，父亲拍了拍我的肩头，又伸出手来，与我握了又握，我明显感到他在用力，应该是表达对我含蓄的关心。"一切放心吧。"我信心满满地回应他。他欲言又止，最后说道："走吧，照顾好自己。"我清晰地看到，父亲向我投来惜别的目光。在我的记忆中，从没有见过父亲这样的神情，在这一瞬间，他的关切之意表达得那么淋漓尽致。我点了点头，很想要说些什么，但心中泛起了一阵酸楚。我强行转过身，不愿让父亲看到我的泪容。

我在走过玻璃屏风的时候，禁不住转身回望了一眼。目之所及尽是熙熙攘攘的人群。忽然，人流散去的时候，我望见他们竟然并没有离去。母亲也看到了我，于是用力挥动着手臂。父亲则一动不动，凝视着我的方向。这个情景至今仍定格在我的脑海里。

我抵达东京的当晚，立即给家里打了一个电话，当听到母亲的声音时，我忽然落泪了，发觉自己原来是想家的。和母亲短暂通话后，我听到母亲在问父亲："要不要和孩子说几句？"父亲说："电话费那么贵，没啥可说的。"他依旧还是老样子，口是心非。

对于我在日本的经历，我不再多言。总之，我按照父亲的叮嘱，还是动笔写了不少文字。我记得当地的一家报社还刊载了我的一篇散文，这是我首次发表的文章，着实让我激动了许久。报纸被我寄回了家中，母亲也很高兴，复印出多份送给亲朋好友。母亲还告诉我，父亲也看到报纸了，他轻描淡写地说："这算什么，比老子差远了。"

| 三十 |

　　我从日本回来的时候，父亲刚刚办理了提前退休手续，他打算当一个自由出版人。他的这个决定让我有些出乎意料，毕竟那时，父亲的事业蒸蒸日上，在出版圈里多少也有些知名度了。母亲说，父亲这么做，是为了让后面的年轻干部尽快成长起来，他不愿长期占据领导岗位，影响更多人的发展。母亲试图劝说他，他仍然坚持自己的想法。无奈，母亲只得放弃，为此她抱怨父亲，就知道替他人着想，不考虑自己。

　　确实，就热心助人这一点，父亲像极了祖父。父亲在北京有所成就的时候，乾安老家的弟弟妹妹，乃至侄子外甥们都找过他，希望得到帮助。父亲倾尽全力，帮弟弟妹妹在北京落了脚，热心帮他们找工作。父亲对出版社的战士们也是如此，无论提干升职还是结婚成家，父亲向来不遗余力，一心一意地给予关照。总之，父亲这一生帮助了许多人。他常常对我说，助人莫求感恩回报，也莫要挂在嘴边，希望我永远牢记这句话。

言归正传，父亲早期负责空军的宣传文教工作，后来不知出于什么考虑，他率先提出筹备建立空军出版社的设想，并得到了空军领导的肯定与支持。于是就有了现在的蓝天出版社，父亲是创始人和首任社长。父亲提到，筹建蓝天出版社的时候，他遇到一些困难。父亲曾求助于一位好友，当时他和父亲在同一个机关工作。后来这位好友官至上将，还给父亲写过一封信，落款以弟自称。父亲说，将军那种平实、朴素、谦和的形象，一直留在他的记忆之中。

父亲原本是爱读书之人，有了出版社的舞台，便有了他施展才华的空间。我记得小时候看的第一本战争类图书叫《世界空战》，似乎是父亲编写出版的第一本书。起初，父亲策划的都是和战争相关的选题，比如"二战系列丛书"：《世界谍战》《世界战争秘闻》《世界海战》等。后来，出版的范围慢慢宽广起来，我印象里他先后出版了《谋略论》《谋略家》《谋略库》《韬略智慧大观》《世界智谋故事金库》《家教大典》《吃亏是福》《交际之方》《酒戒》《色戒》《财戒》《气戒》"中国官宦系列丛书"等上百部图书，多次获得过"全国图书金钥匙奖""军队院校优秀军事读物奖""当代军人最喜爱的书"等奖项。这些都是我在父亲过世后，从出版社提供的父亲生平事迹资料中了解到的。父亲生前很少说他的业绩，处世相当低调。

父亲退休后，在西单的外婆家经营了一个小书店，叫作"三友书屋"。面积不大，不过二十来平方米。周末的时候，我经常去书店帮忙照看。父亲偶尔会吐露他的一些图书策划想法，但我兴趣不大，那个时候我对出版行业一无所知。后来，由于经营书店过于劳神费力，父亲便临时转租给了他认识的一个霍姓书商。没想到，书商贪图利益，干起了贩卖淫秽书籍的勾当，结果锒铛入狱。没过多久，西单地区迎来第二次拆迁规划，书店迫不得已只好关张。

|三十一|

失去了书店的营生，父亲便一心一意开始做起了图书策划工作。记得有一年父亲心血来潮，计划编纂一部关于六朝古都、塞外风情等主题的系列旅游类图书。我猜测，想必是父亲受年轻时从军经历的启发，才有的这个念头。当然他确实去过很多地方，见多识广，感触良多，所以能有这个想法也是理所当然。很快，有出版社说想要出版这套书。但有一个很大的不确定因素，就是出版社提出要做成系列书，内容和全部的风景图片均由父亲提供。

父亲当时是打算自己动笔写的，可是要凭借一己之力完成八本书的写作任务，母亲觉得太过辛苦，希望我抽时间帮帮父亲。起初我还颇为犹豫，毕竟从来没有写过完整的大段文章，怕难以胜任。父亲倒是宽心，说用心写就好，不要有太多思想包袱。就这样，我开始尝试着写作，帮助父亲完成了其中两本书的撰稿任务。与此同时，我还顺便跟着父亲学习了一些关于出版的基础知识，总算有点子承父业、诗礼传家的味道了。对于我写的文章，父亲虽谈不上多么满意，但是好歹大抵过关了。

这里有个小的插曲。由于图书需要大量配图，父亲起初找了一些图片社合作，不仅版权授权费用较贵，更为棘手的是图片资料不全，许多图片根本找不到。后来，父亲想了个办法，他买了一台专业的照相机，带着母亲，还有外公外婆，索性自行驾车走南闯北，边旅游边完成拍摄工作。

我记得那一年，母亲开车，全家一行先出发去了东北，然后一路西行，穿内蒙古至陕西，过甘肃达青海后，再由四川经湖北，奔至河南、山西。几个月下来，车开了数万公里，照片也拍了近万张。不仅出版社的工作得以圆满完成，还能带着老人遍览我国名山大川，如此一举多得，父亲颇为自得。

有了这次难得的机会，我对写作产生了更加浓厚的兴趣。酝酿数年，我终于落笔写下了第一本小说《岁月摇花》。书中回忆了我童年的些许经历，其中也包括和父亲的故事。只是当时我对父亲的感受还是片面停留在严厉的一面，与此时的心境大相径庭。我在书中花费不少笔墨，绘声绘色地描述了父亲毒打我的场景，且不吝用了极为夸张的手法。我写道，被父亲掌掴后，脸部肿胀得犹如蜂蜇一般，不得已母亲带我去部队医院治疗。为了不有损父亲的声誉，路上母亲叮嘱我，若医生问起受伤的缘由，一定要说是遇到了小流氓，被坏人打了。出版社的老师评价这段描述很精彩，让人身临其境，他们有理由相信，这一定是我的亲身经历。可实情并非如此。

|三十二|

　　小说出版后，我却不敢告知父亲，毕竟有些诋毁父亲形象的篇章，怕他动怒斥责。后来，母亲说，父亲其实是知晓的，他特地去书店买了一本回来。看完后，他还问母亲，是否真有此事。母亲回答说，那是孩子杜撰的。父亲想了想，说确实记不住打了多少次孩子了，他要是记恨的话，倒也不怪他。

　　其实，我心里自始至终就没有真正记恨过父亲，毕竟摊上我这样淘气的孩子，父亲也是受累了。现在回想起来，父亲在我童年时期的教育虽然严厉，且加以各种限制，显得有点独裁专制，我成年后，父亲又表现出默不作声、心不在焉的样子，但是，其实他时刻都在关注着我的成长。尽管我有时候做事异想天开，相当任性，但父亲始终在用他的方式支持着我，只是我那时候丝毫没有察觉。

例如，对出版这件事，我自认为很有心得、信手拈来的时候，我曾想过策划一本畅销书，一举成名。当时，日本作家石黑谦吾的《再见了，可鲁》一书风靡一时，感动了数百万人，被评为最治愈的图书之一。我便凭借在日本的人脉关系，联系上石黑先生，签下了他第二本书的版权，并起名为《带小狗散步的人》。从版权协议签署、翻译工作到与出版社合作等一切进展顺利，超乎我的预期，我不由得向父亲炫耀起来。听罢，父亲说："做出版特别是要做出一本畅销书并非易事。现在不比当初书荒的年代了，'酒香也怕巷子深'。"他的话并没有让我冷静下来，我对他那种抱残守缺的出版思维不屑一顾，我整天憧憬着自己一战成名的光景。

事实上，当我策划的这本书面世后，在市场上并没有掀起什么波澜，毫不夸张地说甚至连一滴水花都没有，很快就无声无息了。书店几乎没有征订订单，出版社库房积压着大量库存，接着有书商借机剥削，提出用几乎等同于收购废纸的价格全部买断。这件事对我的打击不小，我觉得自己确实不适合做出版了。后来，出版社说有家二手书店的老板主动找上门来，慷慨解囊买走了全部库存，虽然出价很低，但至少挽回了大部分成本损失，总归是件幸事。多年后，出版社的老师告诉我真相，原来是父亲托朋友关系暗中襄助了我。

我还曾经想经营一家餐厅，有了这个念头后，我便雷厉风行地邀约了两个朋友，一同在北京航空航天大学附近盘下了一处店面。我起初瞒着父亲，悄悄找母亲借了一些启动资金。没承想，饭馆开张的第一天，父亲就带着亲戚朋友来了。看见我在店里忙前忙后的样子，母亲告诉我，父亲蛮心疼的，总是念叨我不要搞得那么累，身体要紧。由于我和朋友对餐饮业一窍不通，尽管我们尝试变换了家常菜、火锅、烧烤、拉面等多种形式，但最后均以失败告终。饭馆经营惨不忍睹，最后服务员和厨师宁可不要工资都辞职了。短短不到一年的工夫，饭馆就关张了。

见状，父亲反而安心了许多，他对我说："年轻人经受些社会的磨炼不是坏事。你想做的事，我不会帮你但也不拦着你，唯一希望你自己能够早点想清楚，人生在世应该成为一个什么样的人。脚踏实地最重要，眼高手低终究是一事无成。"不得不承认，从那以后，我做事冷静稳重了许多，不再有乱七八糟的想法了。

| 三十三 |

　　父亲退休后的第八个年头，在体检时偶然查出肌酐指标严重超标，医院诊断为肾功能严重损伤，建议必要时可以考虑换肾或者透析治疗。

　　父亲一向身体很好，突然被告知患病的消息，他一度以为医院误诊或者是医生在危言耸听。父亲的战友帮忙又请了一个相当知名的专家进行会诊，结论大致相同。医生说，大概率是父亲长期服药引起的。

　　父亲回忆，从年轻时候开始，由于长期失眠导致肝火旺盛，所以他长期吃药进行调理。他一直以为中药对身体是没有损伤的。我后来查阅资料发现，父亲吃的药，有可能对人体肾脏的毒副作用极大，会导致肾衰竭。据说那几年不断有新闻披露这些消息。我们认为，是服用的药物导致了父亲的病。

起初，父亲想采用保守治疗的方式。为此，我们遍访名医，看看能否有些效果。记得，我们去得最多的是天津的一家中医院，为父亲开方抓药的是个国医大师。从医院的简介中看到大师有着辉煌的成绩，我们当时对医好父亲的病充满了信心。可惜坚持了不到两年，父亲的肌酐指标还是没有见好。医生提醒说，再不进行透析或者换肾治疗，父亲的生命就会受到影响。

关于换肾的事情，父亲确实也有过考虑。我们多方求助，为父亲的肾脏做了对比配型。陆续有朋友通过中介渠道，找到了一些配型吻合的肾源。孰料，父亲得知这样的肾移植交易属于非法行为后，他却坚决不肯了。他说，作为军人又是党员，万万不能做违法的事情。

|三十四|

　　父亲还是走上了透析的道路，一做便是十五年，直至他离世。起初父亲做血液透析，后来由于双臂和颈部的动静脉瘘堵塞，就采用了腹膜透析的方式。

　　父亲在家附近的医院做透析治疗。与其他病人抱着好死不如赖活着的态度相比，他还是相当坚强的。由于母亲身体也不是很好，父亲便坚持自己一个人去医院。他从不肯让我陪同，说是不能影响我的工作。但在周末，我还是会经常去医院接送他，尽管他嘴上依然倔强，但是我知道他心里是高兴的。

　　我去过父亲的透析病房，里面十分安静。一间宽敞的屋子里有十几张病床，每张床都在诉说着生命的顽强，仿佛一个个沉默的战场。父亲说，在每个城市里，在川流不息的人群中都有一个这样奇特的群体。他们脸色暗黑，走路蹒跚，手臂上鼓起肉球，横七竖八的疤痕布满了整条手臂，暴露于胳膊上的曲张静脉像趴在上面的蚯蚓，胳膊上满是针眼，整条手臂看上去狰狞可怖，让人不敢直视。但他们不是吸毒者，他们是尿毒症患者，身缠"不死的癌症"，余生他们要靠机器来维持生命。父亲表示如果有机会，他想写点关于透析室的文章，因为这里每天都会发生一些不同寻常的故事，在这里可以看尽人间冷暖。父亲还说，如果注意观察病友们的眼神，可以感受到他们目光中那种饱受疾病折磨的无奈和对生命的无比眷恋。不过，对于父亲说的那些故事，我的记忆已经模糊了。

过了两年，随着父亲肌酐指标的进一步恶化，医生要求父亲不仅要增加透析频次，而且每周还要多做一次血滤。血滤对人体机能的消耗极大，父亲下机后，要在病床上休息许久才能缓过来精神。他对我说，每次做完血滤，他都有种生不如死的滋味。我无法感同身受，但是从父亲的语气中，我能深刻体会到他的心酸。

在父亲的病友中，我经常会看到一个女孩。她二十五六岁，白白的皮肤，大大的眼睛，长得文静秀气。她的病床与父亲紧邻，所以父亲偶尔和她说说话。父亲对我讲，这个女孩子看上去总是很忧郁的样子，在透析室遇到认识的人最多点点头。每次透析，她总是独自一个人来，独自一个人走，很长时间了，从没见过她的家人来接送她。

有一次，我扶着父亲下机，出门的时候看见她正蹲在地上，一脸苍白的模样。父亲问她哪里不舒服，她回答说，应该是水透得有点多，所以头晕恶心，浑身乏力。她的声音又细又柔，相当好听。父亲让我扶起她在过道的椅子上坐下。我问她，是否需要告知她家里人来接她。她摇了摇头，说不用。于是，父亲关切地问她住在哪里，顺路的话，可以搭我们的车回去。她还是摇头谢绝了我们的好意。看得出，她是一个性格固执的女孩。

　　大约过了半年，有一天父亲从医院回来，面带悲伤。他告诉我，那个女孩在上机的时候突然就没有了呼吸，最终抢救无效走了。又过了几天，父亲及病友们终于见到了女孩的父母，听她父母讲这才知道一些关于女孩的故事。原来，女孩家是兰州的，她自己在北京上学。女孩患了尿毒症后，怕父母到处借钱，不愿给家里增加经济负担，所以一直没有告诉父母。女孩性格相当倔强，为了治病，一边打工一边上学，假期也以学习为由不肯回家。有时候，父母想来看看她，她还会坚决拒绝。父亲说，女孩不是不想见，而是不愿让家人看到她透析的样子而感到难受。这是一个内心极度孤单的女孩，一方面渴望着关爱，一方面又拒绝关爱。很多透析病人都与她一样，因为长期透析和对生活的无能为力，变得有些偏执、自闭和狂躁。

　　我想，女孩离世这件事，对父亲的情绪是有很大影响的，从那个时候开始，他对生死有了不一样的感悟。

　　我曾经看过一本书，书名叫作《天才在左疯子在右》。这是一本描写精神疾病患者内心世界的书籍。在他们的脑海中，有着各种匪夷所思的世界观，他们的言行离奇古怪，但是他们的逻辑却又十分严谨，令人震撼。我一度以为这仅仅是书中描写的群体，现实中距离我仿佛很遥远。但是，随着父亲身上的变化，我不得不开始正视心理疾病这个问题。

　　母亲是最早察觉父亲的变化的。她悄悄跟我讲，父亲最近喜欢和医生争执，他质疑医生的治疗方案，质疑医生的用药处方，甚至质疑医生的专业水平。母亲忧心忡忡地说，父亲变得有些不可理喻，幸好医生们都很耐心，从不跟他计较。

　　我也目睹过父亲和医生辩论的场景。他像是老师提问学生一般，认真地要求医生回答血滤和血透的异同，解释电解质酸碱平衡的原理，以及出现抗凝、超滤等情况时应如何处理等。每当这个时候，我是发自内心地感谢这些医生。尽管他们忙得不可开交，但还是相当配合地围在父亲床前，一边赔笑一边夸赞父亲知识渊博，于是父亲这才感到开心和宽慰。有时候，医生回答得不大合他的意，他就指出其中的问题，认为医生应该修正治疗方案。最后，他还建议医生吸纳他的意见，推广到其他病友身上，搞得医生们哭笑不得。如此过了一段时间，医生忍不住和我推心置腹地谈了他们的想法，医生觉得我父亲应该是心理出现问题了。他们说，很多透析病人大概率都会患上抑郁症，只是轻重程度不同罢了。就父亲目前的情况看，恐怕程度不轻，应该早点介入心理治疗。

我与母亲商量后，委婉地提醒父亲找心理医生咨询，结果父亲勃然大怒，他认为自己头脑相当清醒，根本不会有精神问题。我和母亲被他斥责得灰头土脸，不敢在他面前再提及抑郁症这个话题。

|三十六|

父亲的性格变得愈加古怪了。有时候，他会突然为一些琐碎的小事喋喋不休，激动不已；有时候，他又会沉默寡言，把自己反锁在书房里，写他的诗歌文章。此时的他，犹如步入暮年的君王一般，产生了越来越浓重的幻灭感。

父亲的老战友们纷纷劝慰我和母亲，说父亲这是被病折磨的。他一生极其要强，虽然不肯屈服于疾病，但是心理上实在是难以忍受这样的痛苦。

关于生与死的问题，是父亲经常挂在嘴边的内容。他喜欢跟所有认识的人讲他的感悟。在医院，他不厌其烦地说给病友们听；在小区散步的时候，他又拉着邻居们说。周围的人经常问我，父亲是不是最近在参悟佛学，悟出什么禅机了。

父亲也曾和我讲过一些感受。他说，生老病死是自然规律，道法自然。人从自然而来，随自然而去，懵懵懂懂犹如大梦一场。所以无论怕不怕死，人该离开的时候都留不下来，这就是人的宿命。既然生死有道，因此不能只知存而不知亡，只谈生而不谈死。谈论死亡不是悲观，而是要我们学会在生死问题上勇敢面对，不贪不念，无所畏惧，好好思考该如何做好自己，珍惜身边的人。他的话无不在理，但从我的感受而言，父亲内心其实充满了悲观情绪，他对死亡这件事有着很大的恐惧感。我想，普通人哪能轻易就做到看淡生死呢，原本求生的渴望就是我们的本能。

有一段时间，透析室经常有病人陆续离去，父亲的心情变得更为糟糕，他一度认定自己也将命不久矣。他开始认真地着手自己的后事安排，其中最关切的当数寿衣这件事。他在网上查询了很多资料，最后特地给自己精心挑选了唐装、中山装和传统款式三套寿衣。可是买来后，他却不大中意，又去征求母亲的意见，问她军人是否应该着军装，体现军人最后的荣耀。父亲还立下遗嘱交代我们，不开追悼会，不找墓地，骨灰随便找个水沟撒掉即可。如此说得多了，母亲有些气恼，埋怨父亲说："明明身体还好好的，离走的日子还差很远。凡事总是这么急脾气，是不是临走前自己还要先去八宝山排队呢？"父亲听了不大乐意，认为我们并没有把他的话当回事，真是妻不贤子不孝。

为了引起我们足够的重视，父亲会像个预言家一样，隔三岔五就断言他的寿命已到，让我们时刻做好准备。我记忆最为深刻的就是八年前的春节。那次，父亲郑重其事地告知我们，他肯定活不过这个春节了，所以希望全家能够找个像样儿的酒店，一起度过一个温馨的节日。尽管母亲不大情愿，但为了不逆父亲的意，我还是在北京找了一家高档酒店，和父母在餐厅吃了年夜饭。

席间，父亲对自己的人生做了完整的总结，他说死亦无憾，这辈子知足了。父亲讲，他从农村土坷垃里走出来，凭借着自己的努力在北京落了脚，不仅有了自己的一番事业，还娶了个北京姑娘，尽管她嫌弃父亲有些土气（这句话父亲有着开玩笑的意味，事实上父亲与母亲之间的感情相当深厚）。他这辈子总算没有给祖父丢脸。父亲又讲道，他一生豪迈，结识了众多好友，至今仍然能一起对酒当歌，人生几何，幸莫大焉。另外，对上面的四位老人，对身边的弟弟妹妹，对下面的子女乃至许多晚辈，他也尽孝、尽责了，回首一生，无愧世间。

我当时发着高烧，浑浑噩噩，无精打采，对父亲的话，只记得大半，并没有那么完整。三天后，母亲调侃父亲："不是说春节过不去了吗？那怎么现在还是好好的？"父亲闻言动怒，说他应该是活不过上半年了。我好言相劝，结果他气愤之余把我轰走了。他说要自己一个人在酒店多住几天，图个清净。

|三十七|

　　医生频繁联系我，他们发现父亲的精神状态很不对劲，希望家属努力做做父亲的思想工作，及早请心理医生诊断为好。母亲大为犯愁，此时此刻，父亲是断然不肯听家人劝告的。他自始至终都沉浸在自己的思想世界中。我们先后寻求了父亲的战友、同事以及亲戚们的帮助，结果可想而知，他们均被父亲轰走了。

　　正当我们一筹莫展之际，父亲在北京大学教书的老同学们来看望他。他们交谈了许久，聊的大都是孩提时代的东北往事。那天，父亲兴致不错，晚上和老同学们吃饭的时候，竟然破天荒地主动喝起酒来。母亲拜托他的老同学们借机劝说父亲就医，他们满口答应。我原本是不抱有任何期待的，毕竟父亲已臻至刀枪不入的境界。但是能在北京大学教书的，也非等闲之辈。一位老同学是这样劝父亲的，他说父亲如此才思敏捷，说话严谨无误，这岂能是抑郁症的表现，大家都被所谓的医生专家给误导了。他建议父亲见一见所谓的心理医生，让父亲给他好好上一课，说不定心理医生自己还有抑郁症呢。

父亲听得心情极为舒畅，借着酒兴感慨还是老同学懂他，于是他满口答应，信心百倍地要会一会心理专家。母亲愧疚地问我，他们这么欺骗父亲是不是不合适。我想了想，说恐怕这是最好的办法了，至少父亲答应了。母亲又不禁担心父亲会真的板起脸来与医生发生争执。我劝慰她安心，心理医生见过的病人多了，他们自有分寸。

翌日，母亲生怕父亲反悔，立即通知医院联系了心理医生。为父亲诊断的是一位年轻女医生，据说她是天坛医院心理科的专家。我悄悄在网上查询了她的信息，头衔耀眼炫目，成绩卓越，真是年轻有为。

父亲和她交谈了许久，当时我并不在场。我到医院的时候，父亲正准备下机回家。趁着父亲卧床休息的空当儿，我向心理医生大致问了一些关于父亲的情况。她递给我一张纸，上面记录了一部分她和父亲的对话内容，现在我只能隐约回忆起些许细节，凭借着这些记忆的碎片，我尝试着还原他与医生当时的对话场景。

起初，父亲喋喋不休地向医生介绍他所写的诗歌与随笔。父亲还质问她，得抑郁症的人怎能写出这等文章。对父亲的这番话，我不敢苟同。如若是我，定然会忍不住反驳他说，历史上有一些文豪大家，虽然被抑郁缠身，但是写出了旷世之作，像马克·吐温、杰克·伦敦、海明威乃至川端康成等，不胜枚举。当然我只是在脑海里闪现这些念头，不敢真正地和父亲如此对话，不然他当真会被我激怒。

医生耐心地听完他的诉说后，表示钦佩之余，跟他详细谈了关于抑郁症的认知问题。她告诉父亲，其实每个人都或多或少有抑郁的一面，特别是透析病人更容易出现灰心失望的情绪，这是再自然不过的了。

她问父亲，除了写作之外，经常在思考什么事情。父亲回答她：这个病折磨他太久了，毒素清除不尽使他浑身瘙痒，难以忍受他便使劲抓挠导致遍体鳞伤；每天吃不下东西，即便勉强吃了，也会吐出来；透析时看着血液在塑料管中流淌，自己仿佛就像一具即将被抽干的尸体。医生同情父亲的情况，又问他，内心里是否期盼家里人的陪伴。父亲说："不现实，老伴身体也不好，孩子工作忙，我想现在还没有到真正需要用他们的时候，不想给家里人添麻烦，自己能做的事还是自己做吧。"医生不由得感慨父亲的坚强。

这种聊天式的交谈，令父亲渐渐放下了戒备，似乎忘记了对方心理医生的身份。两个人就像久未谋面的好友，畅谈起来。父亲终于吐露出他的内心想法，这些念头他从未对母亲和我提及过。父亲说，其实他有点厌世，不想再这么遭罪了。他本不畏惧死亡，但临终前痛苦万分，才是真正让他感到恐惧的事情。他希望能够有尊严地死去。父亲说他想过一些自我了断的方式，但是他作为入伍多年的军人，如果这样做，传出去名声不好听，所以就这样过一天算一天了。最后，父亲戏谑地对医生讲："毕竟多活一天就有一天的工资呢，留给老伴儿让她去旅游吧，她向来是性子贪玩的人。"

医生告诉我，父亲的诊断结果是抑郁躁狂型表现，这是典型的双相情感性精神障碍，建议家里人多给予关心，此外，父亲还要配合药物治疗。但怎么才能让父亲肯服用药物，是个难题。医生说，可以试一试森田疗法，顺其自然，为所当为。也就是说，帮助父亲接纳当下的痛苦、烦恼和不安，不要刻意排斥这些情绪，学着带着病去生活，激发父亲的求生欲望。

父亲也和我谈了他和心理医生的对话内容，但是截然不同的另一个版本。父亲说，医生看了他写的文章，感动得泪流满面，不断地称赞父亲的文笔，她建议他应该把这些东西好好整理出来，作为传家之宝。我印象里，医生似乎没有和我提及这些内容，但也不好质疑。父亲还说："医生告诉我有抑郁症，我想了想也许是有一点，不过我这么坚强的人，这点毛病影响不了我。"我问父亲："那医生给您提了什么建议？"父亲努力想了想说："她跟我谈什么森田疗法，这个我能接受，顺其自然正合我意，随心所欲简直是太棒了。以后我想干啥就干啥，你们谁也不能阻拦，这是医生说的。"

我想，父亲一定是曲解了医生的话。幸好，关于药物治疗的事，他没有表现出抵触的情绪，还是乖乖遵从医嘱，开始每天服用抗抑郁的药，抑郁躁狂的行为有了明显改观，人也变得开朗许多。去医院的时候，父亲还主动和邻居打招呼。邻居问他出门去哪里，他便风趣地回答说到卫生部上班去。

|三十八|

　　大约六年前，我家的生活一度变得乱糟糟的。起先，母亲体检查出了心脏血管里有个主动脉瘤，需要尽快做手术。于是母亲很快被安排住进了医院，但是由于体内炎症，迟迟不能确定手术日期。母亲让我不要将实情告知父亲，免得父亲担心。她告诉父亲，想出去旅游几天，很快回来，结果惹得父亲相当气恼。

　　接着，父亲的血管因血栓问题，静脉透析时已经抽不出血了。医生努力尝试了数次插管，最终还是徒劳无功，他交代说，大腿侧的血管轻易不要用，这是最后的生命通路。目前最好的办法就是改用腹膜透析，相比血透而言，腹透也没那么痛苦。父亲倒是很乐意接受，他觉得只要不去医院，便是再好不过的事了。医生还提醒我，腹膜透析的滤出效果不如血透好，并且腹膜使用是有限制的，一旦出现并发症或者其他问题，那么父亲的情况就不乐观了。但是，我别无他选。母亲在医院很是焦虑，几番给父亲打电话，父亲都没有理会她。

令人欣慰的是，母亲手术很成功，渐渐康复如初。而父亲居家腹透后，效果也相当不错。为了保证屋里的无菌环境，我们在父亲的卧室里安装了紫外线消毒灯。每次透析时，父亲将一袋透析液悬挂在他床边的衣帽架上，然后将腹部透析管的管帽拧开，用碘伏清洁后，将透析液的接口和透析管对准，再用胶带缠裹住。导管处上下各有一个开关，父亲先是打开下面的开关，将腹内存储的水全部排干净。然后，关闭掉，再打开上面的开关，让新的透析液全部注入腹内。如此操作完毕后，父亲将装有透出液体的袋子搁在台秤上，用笔记录下每一次注入和排出的水量差。腹膜透析每日需要做四五次，平均每次需要一至两个小时。父亲对此没有感到丝毫厌烦，他说没有了跑医院的烦恼，他反而觉得浑身轻松了。

母亲告诉我，父亲很想再回东北老家以及他年轻时候工作过的地方看看。之前，因为离不开医院，他很是无奈。现在，他觉得可以走动一下，不然担心以后再也没有机会了。母亲征求我的意见，她拿捏不准，带着父亲出行，应该开车还是坐飞机或者火车。我颇为担心，母亲身体也不好，若是父亲执意出行，恐怕会让母亲开车前往。我建议母亲尽量选择公共交通工具，到达目的地后，我再设法请朋友们帮忙照顾。母亲说，父亲不肯麻烦人，如果他真有这样的心愿，即便再辛苦也要开车带他走一遭。

我和母亲仔细研究了一下，汽车的后备厢以及后排座位上满满当当可以放下十箱透析液，也就是说可以维持二十天左右的透析。这样算下来，自驾出行的条件是具备了。当然，还要考虑路上堵车或者其他的不可控风险，所以半个月之内的行程是最为保险的，同时这也意味着母亲需要日夜兼程地赶路了。就这样，父亲在母亲的陪伴下，两人再度踏上西行之路，取道内蒙古，经由山西再到陕西，一路相当顺利。

我本以为父亲只是临时起意，单纯地故地重游看看风景。母亲途中给我打电话，我这才得知父亲此行的目的其实是见老战友以及昔日对他有恩的老领导。因为父亲生病，昔日老战友们甚是惦念，纷纷提出来要看望父亲。考虑到有些人已经是耄耋之年了，父亲不忍他们舟车劳顿来北京，所以决定自己克服困难前往。

我看见母亲发来的照片，父亲和老战友们互相行着庄严的军礼，脸上挂着灿烂的笑容，宛若孩童般快乐。"当年韶华春拂面，今日微霜秋染头"，老战友们见面很激动，讲话也是滔滔不绝，他们知道或许这是最后的见面了，所以聊到很晚也不肯回家。母亲说，看着父亲和战友们"聚首话桑麻，把酒纵歌喉"的场景，她非常感动。据说有一个老战友，听说父亲要来了，激动得晚上没睡着觉，结果早上血压高得离谱，他的老伴儿担心出问题，让他在家休息，改由子女代为前往。

此次西行后，父亲感慨万千，伏案写下了大量诗歌和随笔，起初他只是自我欣赏，把一部分文章发在网上，但也只是和素不相识的网友互动交流而已。但是，后来他的一个匪夷所思的念头给我们带来了不少困扰。

|三十九|

一年之后，我们担心的事情终于还是发生了。医生曾经说腹膜透析的效果不如血透，并且腹膜功能也会逐渐下降，所以建议父亲还是保持每周做一次血透，但是父亲坚决不肯。他对透析室这个鬼地方实在是厌恶至极。

原本父亲居家腹透的效果还是不错的，每天的透析量差能在一千毫升左右。慢慢地，透析量差越来越小，逐渐降到了五百毫升左右，这说明积累在父亲体内的水分和毒素不能有效地排出了。父亲又开始吃不下东西，浑身乏力，情绪明显急躁易怒，最后连治疗抑郁的药也拒绝服用了。此时的父亲又回到了曾经病情发作时的模样，甚至还有些变本加厉，动辄便对周围人的所作所为口诛笔伐。很长一段时期，不仅我和母亲变得手足无措，连医院的医生们也是皱眉蹙眼，让我们给父亲再换个医院进行治疗。

回想起那段日子，母亲真是相当辛苦。她忍受着父亲的喜怒无常，温言软语地劝慰他听从医嘱，积极配合治疗。尽管父亲大都听不进去母亲的话，但偶尔清醒的时候，他还是会意识到自己的行为确实过分了，便主动向母亲道歉。母亲原本对父亲的胡闹之举很是气愤，但见到父亲如此可怜状，心不由得又软了下来。她对我说，莫怪父亲，他这是被病折磨的。

如此持续了一段时间，父亲忽然平静下来了，终日闭目躺在床上，任谁说话也不搭理。我想，这应该是又由躁狂切换到抑郁状态了。有一天晚上，母亲急匆匆喊我来，说父亲有重要的事情要同我们宣布。当时，我尚在单位加班，闻言登时心中有种不妙的预感。

父亲正襟危坐在书桌前，一反常态的平和，且丝毫没有前些日子那萎靡不振的样子。见我走进房间，他示意我和母亲坐在他的正对面，十足的开会架势。虽然父亲一言不发，但是我仍然能通过足够多的信息来揣摩他——不只是看他脸上的表情，还有他整个的形体姿态，不用去解读他的思想，而是凭直觉。

毫不夸张地说，这是我从小到大养成的生存技能。每当我看到父亲的脸色，我就能凭借自己对他的了解，做到心里有数。我熟悉他的心思和情绪，而为了预知这一切，我经历了长时间的学习琢磨，在某种下意识的分类梳理系统的帮助下，我把握住了在他面前做事能达到父亲预期的那个度。这就像一种心智心神的气象预报，通过它我就可以事先做好准备。但这次，我委实揣摩不出他的意图，心中充满了毫无预见性、怯生生的惶恐。

少顷，父亲刻意带着深沉缓缓地问道，最近没有同我们说话，是否大家会认为他抑郁发作了。我回答说，多少会有些担心吧。父亲平静地告诉我，他的情绪非常平稳，如果我们最近仔细观察的话，就会发现他其实是在和佛祖对话。我和母亲不约而同地对视了一眼，从彼此的目光中看出了更多的担忧，担心父亲的病情进一步加剧了。但是神情上，我们还必须保持恭听的样子，以免惹父亲不悦，他现在对我们的态度变化非常敏感。

父亲开始娓娓道来，他说最近一段时间一直在做梦，梦里遇到了释迦牟尼佛祖。佛祖赞他是有慧根的人，所以想收他为徒。父亲醒来后，便发觉自己能够看到花开花落、冬去春来、阴晴圆缺、悲欢离合、生老病死，突然领悟到了世事无常、通达宇宙的人生真谛。

父亲自诩这是他的独觉，他告诉我们，有慧根的人在言语之外，还有一个更为广阔的修行空间。比如南怀瑾谈自己受持《金刚经》，有一次念到"无我相，无人相，无众生相，无寿者相"的时候，忽然觉得自己没了。到哪里去了？不知道啊，后来南怀瑾才明了其中的道理，说此经对他的影响是这样奇妙。父亲说像南怀瑾大师这种就是有慧根的人。就这样，我听着父亲开坛讲法，足近一个半小时。

|四十|

　　终于，父亲讲得累了，这才对我说，其实他有要事嘱咐于我。我精神为之一振。该来的总是要来的。

　　父亲说，佛祖让他修功德，必须完成三件事。他仔细想了想，这三件事应由我来操持，这样我也可以得到功德加持，护佑一生平安。我心中惊讶，不知道父亲要给我出什么幺蛾子。

　　先说说父亲交办的第一件事。父亲说他离世后需埋葬在北京怀柔郊区的红螺寺内，且要在寺庙大殿里供奉一幅全家福的画像。画像中每个人要有站有坐，均围绕着正中的莲花宝座，端坐在宝座上的人便是父亲。为了更加显现佛的气息，父亲特意将头发剃得干干净净，还留了长髯，说路人都夸赞他有仙风道骨。

母亲反驳他，那是道家。父亲不以为然，说母亲一个妇道人家，哪里懂得儒释道一体之说。至于全家福里的人也是每日剧增，父亲生恐遗漏了谁，许多我连名字都不知晓的亲戚也都被排进来了，颇像姜子牙岐山封神的场景。

去世后葬于红螺寺的要求不仅匪夷所思，更令我焦头烂额。我假意承诺后，和母亲商量了许久，最后编了个理由告知父亲：已经联系好红螺寺的住持了，但是一般人是不能埋葬在寺庙的，此事需要中国佛教协会的特批。

原本以为父亲会知难而退，不承想他竟然有中国佛教协会的好朋友，他很是兴奋，当即就要致电请朋友协调。母亲紧张坏了，偷偷查到父亲这位老友的联系方式，将事情原委告知了对方，请他能够继续编个理由劝阻父亲。对方欣然答应，告诉父亲他需要成为佛门弟子才有可能。父亲终于犯难了，因为他知道党员不能皈依佛教，这样做是违反纪律的，这才悻悻作罢。

第二件事还是和红螺寺有关。我很纳闷，天下之大，庙宇之多，为何他单单就相中了红螺寺。父亲谈起西北之行，唏嘘不已，他对一些故人的驾鹤西去感到悲痛。他说，这一生得到许多人的照顾，人要有感恩之心，所以他打算在红螺寺建一座感恩碑。他说："既然不让我埋葬于此地，那么我立碑铭记感恩总可以吧，大不了多捐赠些香火钱。"

父亲将与他有过交集的和帮助过他的领导和战友们列了一份名单，叮嘱我务必要上心。为了此事，我还特地开车去红螺寺咨询了一番。寺里的人说，立碑这事归国家宗教事务局管。据他们所知，现在庙里几乎没有立感恩碑的，都是功德碑，又称往生碑。如果要立铭记感恩的碑，可以去八宝山人民公墓问问，听说那里也是可以立碑的。

我将事情原原本本告知了父亲，他踌躇不语。过了几日，母亲说他已然放弃立感恩碑的念想了，父亲说去八宝山是万万不行的，因为感恩名录里的很多老战友都还健在呢，给活人立碑实属禁忌。

但是我们还是低估了父亲立碑的决心，虽然碑牌一事行不通，但父亲另辟蹊径做了个感恩木简。他私下在网上找到一个工作室，对方称用小叶紫檀制作最佳，不仅美观还可升值，是传家宝的不二之选，唯独就是价格稍贵。父亲一门心思只想完成他的壮举，不假思索地决定了。为防止我们横加干预，从选材到制版，父亲每次都是悄然只身前往对方的工作地点沟通。

母亲注意到父亲的行踪有些奇怪，经常连招呼也不打就一个人出门了。她暗中观察并跟踪父亲许久，最终发现了父亲的秘密，可惜为时已晚，父亲还是带着两套木简得意而归。

木简看上去有些简陋，摸起来有些粗糙不平，但父亲却很满意，赞不绝口。我事后拿出去找人鉴定，发现根本不是什么小叶紫檀，不过是常见的红酸枝木。母亲说还是别告诉父亲真相，因为即便说了他也不会相信。

父亲再度找我谈了话，表达对我的不满。他批评说，前面交代的两件事，我都无功而返，令他失望。最后，立碑一事还是靠他的灵活变通才得以实现。他不禁怀疑，我连这点小事都做不好，如此能力又岂能胜任单位的工作。父亲的逻辑让我啼笑皆非，但我不能争辩，只好默不作声。"他强任他强，清风拂山岗"，任凭父亲指责什么，我自岿然不动，淡定从容。

父亲郑重其事地开始交代我第三件事。他带着毅然决然的口吻对我说，倘若再做不好的话，便要断绝父子关系了。这一次，无论如何我是真的没法淡定了。

|四十一|

父亲打算将他这两年所写的随笔和诗歌付梓成书，这便是他交代我的第三件事。表面看来，这是一件再普通不过的小事。但是，他附加的想法却不禁令人瞠目结舌。父亲想用线装书的方式出版，他再三强调，一定要用最好的宣纸印刷，在最好的出版社出版，且不要计较成本。

没有从事过古籍出版的人或许不了解详情。线装书通常所用的宣纸大体有三类：皮纸、竹纸和混合纸。据说，明代之前大都用皮纸和竹纸，清代之后开始改用混合纸。宣纸不仅选料严格，其制作工序和操作过程也是相当复杂，所以其价格要比一般纸张贵上数十倍乃至百倍。

父亲提出要监督我的出版工作，他特地到博物馆及拍卖会等地方观察研究，然后再告诉我如何学习模仿。有一次，他无意中在拍卖会上看到了一册宋代刻本，喜欢得不得了，觉得这就是他理想中的样式。特别是当他得知那册刻本用的是上等生宣后，便嘱我一定要买到这样的纸张，如此才能配得上他的著作。被父亲如此监督工作，我一度觉得自己的想法也变得有些不正常了。

　　一波未平一波又起，父亲相中了中华书局、西泠印社和线装书局。他说这三家是最专业的，所以一定要在这里边选。至于出版的样式必然是精装的，父亲希望用绸缎做封，用花梨木为夹板，书名应在板上阴刻而成，再填以黑漆朱砂。若成书后册数较多，还可以再做个书箱。父亲憧憬着他的得意之作能够早日问世，他认为这样的线装书才显得尊贵。我实在猜不出，这些个复杂的玩意儿他究竟是从哪里学来的。后来，他也明白提出的要求不大现实，改口称做成函套也能够接受，但是函套材质必须是锦绫，书口处用象牙固定。

按照父亲的要求，我请出版社的老师帮我测算了成本费用，结果相当惊人，竟然需要近百万。母亲听了对我说，她心口处揪得很紧，怕是心脏病要复发。她还担心我也失去理智，隔三岔五地提醒我，别为讨父亲欢心也跟着胡闹。我心里自然清楚，但是如何应对父亲，实在是愁杀人了。毕竟父亲是懂得出版的，想要随便哄骗他，实非易事。

朋友帮我想了个点子，去琉璃厂西街逛一逛，兴许能找到解决办法。我自忖可行，在琉璃厂一带打听了一圈，果然有个工作室的年轻老板愿意帮忙。这个工作室的印刷制作价格很是公道，最为关键的是老板愿意配合我演戏。年轻老板建议我转告父亲，这件事应该请荣宝斋出手，这么好的线装书没准儿将来能成为孤本、善本。

起初我担心会被父亲识破，结果当父亲听说是荣宝斋的时候，也蛮高兴，并无任何驳斥。为了让谎言逼真，我提议父亲可以去荣宝斋那里实地看看，他说完全相信我的水平，这次就不再监督了。终于我心中的石头算是落地了。父亲原本是让我给他的著作写序的，不久他又找了个理由，以我之名，自己写了。

大约为时半年，父亲的线装书终于完成了出版印刷。其实也不能称为出版，毕竟没有经过出版社的审校流程，纯属个人印刷品罢了。父亲的著作分为两部，一部是诗集，另一部是随笔，全套共八册。我记得应该是印制了一百套，因为父亲要将这些著作赠予他的亲朋好友。

我把成品摆在父亲面前的时候，父亲对我投来了短暂的一瞥，他的面容依旧平静，但眼里流露出一丝欣慰的神情。父亲低着头捧着书，用手一遍又一遍地细细抚摸着书封，他的目光里有一种异样，以前我从没看见他这样的目光。他专注的眼神里面含着一种喜悦和兴奋，许久他才恋恋不舍地将书塞回了函套里。

父亲问我，这些书看了没有。我实话实说，大致翻了翻，但没有全部看完。父亲似乎有些失望，叹了口气说："记住，这书要作为传家宝保存好，再过多少年你就会明白它价值连城了，这是老父亲给你留的一大笔财富。"我不以为然，自认为这些东西无非就是一堆废纸，没有人喜欢看这些私人化的东西。当然，父亲还是赞赏了我，对于出版线装书这件事他很是满意。父亲少有地对我提出表扬，我不禁为自己的欺瞒行径感到一丝愧疚。

　　其实，我心里一直有个疑问，父亲是做出版的行家里手，那套线装书显而易见是没有书号的，他岂能不懂这并非正式出版物？但为何他遗漏了这个问题，自始至终没有提及一句？直到有一天，母亲无意中讲起父亲的这件往事，我这才知道原来父亲其实是心知肚明的，并非脑子糊涂了。

　　母亲回忆说，父亲曾经告诉她，让我出版线装书的目的，无非是希望我能偶尔抽时间读读他的文章，希望我能够看懂他这些年来的心中所想。当然，借此机会他也想让我再多了解一些出版方面的知识，希望我能够永远记住"学无止境"这句话。父亲慨叹自己已经老了，实在是力不从心，也许这是最后一次指导儿子的机会了。母亲说："你爸爸知道你找的所谓荣宝斋的朋友帮忙是假，也清楚你并没有联系过什么出版社，他不过是假装糊涂罢了，这一切他都不让我告诉你。至于钱的问题，他原本就是打算留给你的，那一次借着出书的名义，他就几乎全部转到你的账户上了。"

听完母亲的陈述后，我潸然泪下。这是我的父亲吗？我一直以为我很了解他，但是这一瞬间似乎又觉得很陌生。他就是这样。

　　父亲终于又转至另一家医院接受治疗。相较之前，这里的医生不仅耐心体贴，嘴上更是甜言蜜语，他们的话语让人甚是舒服，听了有如沐春风的感觉。每当见到父亲时，护士们都会亲切地称呼他为首长，父亲很是受用。所以护士吃药打针的请求，他自然也不再抗拒，相当配合。

　　经过一段时间的治疗，父亲的病情基本保持平稳了，不过他的性格却变得有些任性。例如，他会天天闹着要外出堂食，但是问他去哪里吃，他便脸带茫然地回答不知道。他点餐的时候，也是不求最好但求最贵，而且一定要点满满一桌子菜，倘若少了便会不开心。当菜上桌后，他又会嫌弃饭馆做得不好吃，拂袖而去。母亲被他折腾得无所适从，时常与我抱怨，她怀疑医院开的药没有效果。我悄悄问医生，对方告知我老年人都会这样子，把他当作小孩子一般哄哄就好。

为了更好地照顾父亲，同时也帮助母亲减少一些操劳，我在家政中心物色了一位保姆。她年龄与我相仿，瘦瘦小小的，看模样是个干活利索的女人。父亲眉头紧锁，看这个女人极不顺眼。他对母亲抱怨说，怎么找了个这么丑的女人，岁数还老大不小的。母亲反问他应该找个怎样的人。父亲不假思索地回答，必须得年轻漂亮的，该花钱的时候就得花钱，反正他留着钱也没用了。母亲恼了，让他自己到大街上去找小姑娘吧，男人果然至死仍是少年，老了还那么花心。

其实父亲压根儿不是这样的想法，他说的不过是气话罢了。他内心里是反对请保姆的，他觉得自己能够照顾自己，何况还有母亲也能够照料他。在他的脑海里，一向有着与母亲"执子之手，与子偕老"的美好画面，倘若中间夹杂着一个保姆，未免大煞风景。父亲数次找借口要把保姆驱逐出门，幸好都被母亲阻拦下来。闹了一阵子后，他表示接受现实，因为他发现生活上确实离不开保姆的照顾。

保姆照顾父亲确实尽心尽力。起初父亲故意刁难她，挑三拣四，动辄责骂。吃饭的时候，他装作没有力气，总是让保姆颤颤巍巍地搀扶着喂到嘴里。每每看到这样的场景，母亲就心里有气，悄悄告诉我说，父亲这辈子不去演戏当真是可惜了。最为过分的是，去医院的时候，即便是日晒雨淋，父亲也存心弃车不用，总支使保姆用轮椅推着他徒步往返十几公里。父亲希望她能够知难而退，可她竟然没有丝毫怨言，母亲都不禁暗自称赞她，说父亲有福，遇到个好人。慢慢地，父亲被保姆的任劳任怨感动，主动道了歉并希望她能够长久留下来，给他养老送终。

看到保姆如此精心地照料父亲，我也安心许多。那些日子里，我刚刚换了一份工作，正全神贯注地投身于所谓的事业中。兴许是迫切想做好新的工作，我总是马不停蹄地出差。即便在北京的时候，终日加班也属常态。母亲时不时地给我留言道："抽时间来看看你爸爸，他心里老惦记你。因为经常看不到你，他前一段时间竟然发起脾气来，说要上法院告你遗弃罪。"这样的行为令我哭笑不得，彼时处在事业紧要关头的我，心里还颇有些不忿：为何父亲不懂得换位思考，体谅一下做子女的辛劳呢？

|四十三|

　　我还是给自己定下了规矩，每个周末需安排一天陪父亲吃饭，有时候在家，有时候去外面找个馆子。那些日子，父亲面色红润，虽然身体日渐消瘦，但精神头儿总体还不错。他见到我的时候，侧着头注视着我，眼睛里露出困惑的神情。他问："你是谁啊?"我第一次听到他说这样的话，不免有些吃惊，我担心父亲得了阿尔茨海默病。

　　母亲说，他是故意的，一个天天炒股票算计得清清楚楚的人，怎么可能痴呆呢。我将信将疑，告诉父亲我是他的儿子。可是他依旧摆出一副茫然的模样，呆呆地望着我说："认得我是谁吗?"我回答说："您是我爸爸。"他终于笑了起来，对我说道："儿子上班比美国总统都忙，我可不敢当。"他这是话里有话，毕竟经常看不到我，他颇有微词。见父亲和我开起玩笑来，我也不由得松了一口气，相信父亲确实没有老年痴呆。由此开始，这样的对话成为父亲与我独特的打招呼方式。

不顺心的事接踵而至。由于工作过于劳累，加之缺乏锻炼，我的身体不断出现一些小问题。先是胆囊结石导致炎症急性发作，我做了胆囊切除手术。手术排队的时候，我和一个女孩的床位号重复，差点闹出乌龙。第二年，因为长时间的紧张焦虑，头发出现了斑秃的迹象。我认为不过是个小毛病，所以去了社区医院。孰料吃完医生开的药，我接连数晚夜不成眠，浑身燥热，汗如雨下。我发觉不对，去大医院诊断后才知道，原来是开错药了，那个药里有人参、鹿茸、海狗肾、黄芪等，属于不折不扣的壮阳药。大约又过了半年，我的脑门儿处患上了带状疱疹，去医院抽血化验的时候，不巧又出了点医疗事故。给我抽血的是个医学院的实习学生，她小心翼翼地操作扎针，同时要求我不能回头观看，她说这样会紧张。我猜测她的意思应该是她会感到紧张。直到一个护士慌慌张张奔向我的时候，我才发现这个女生果然紧张，她竟然把我的血管扎漏了，我的胳膊上鲜血淋漓。护士们一个劲儿地冲我道歉，协商结果是，她们同意为我免费再来一针。

总而言之，对于我接二连三生病的事，父亲由担心逐渐转为了焦虑。他原本对我一心扑在工作上的行为就感到不快，现在知道我的身体也出现了状况，便整日忧心忡忡，总想着找机会和我认真探讨有关人生的问题。在他眼里，健康的身体比什么都重要。可惜，我当时听不进父亲的话，觉得人总要有点追求，这么年轻就进入养老生活，实在是没有出息的表现。久而久之，父亲见我冥顽不灵，便不再与我多费口舌，甚至很长时间都不愿意理睬我。见我去看望他，他便关上卧室的门，大有永不相见的架势。我有些负气，索性更加频繁地出差。不久，我发现父亲把我从微信好友等联系方式中拉黑了。

|四十四|

　　苗头有些不对，母亲发现父亲的食欲变得愈来愈差，有时候一天都不怎么吃东西。因为营养不良，父亲变得羸弱不堪，终日卧床不起。母亲苦口婆心地劝说父亲去医院调理身体，他摇头抗拒，说去了医院就回不来了。母亲束手无策，希望我帮助她一同劝劝父亲。没想到，父亲一听说我要来看望，便又将门反锁得严严实实，我每一次都会吃闭门羹。真是一个固执的老人，父亲的气性委实有些太大了。

　　忽然有一天的凌晨，我接到母亲的电话，她慌慌张张说父亲的血压非常低，呼唤他也没有反应，怕是有些危险。尽管父亲一直保持抗拒的态度，但是我们决定这次必须送父亲去医院了。当母亲和我搀扶父亲起床的时候，他忽然有了一丝意识，使劲挣扎起来。不得已我们只好拖着他，按在了轮椅上。他怒气冲冲地瞪着眼，但气力不济，失去了反抗的能力。

医院的急诊医生很快对父亲的情况做出诊断，父亲因电解质紊乱出现了高血钾症。目前，父亲是处于休克状态，倘若再拖延下去，恐怕会有极大的生命危险。待我们签完病危通知书，父亲便被转至肾病科进行抢救治疗。主治医生告诉我们，长期营养不良导致父亲的身体很虚弱，各项指标都很不好。不过他们会尽力救治，请我们放心。

我们每天都在观察父亲的指标变化情况，如此提心吊胆地过了一周，父亲的病情终于变得平稳了。医生试着把抢救药物的量逐渐减少，父亲的身体机能也能够维持在一个较好的状态。主治医生说，从目前的情况看，父亲应该是脱离危险了，再调理调理就可以出院回家。母亲闻言千恩万谢，不禁喜极而泣。

我和母亲去病房看父亲的时候，他正坐在轮椅上闭目休息，脸上明显带着大病初愈的委顿神情。我拍拍他的肩头，他这才缓缓地睁开眼。看见我们的身影，他似乎有些激动，我瞥见他的眼角处漾起了一丝晶莹，那是父亲的泪水。父亲双手合十，对着母亲拜了拜，带着玩笑的口吻说："谢谢你的救命之恩。"母亲兀自有些气恼，没好气地回答："你应该谢谢医生，谢谢干休所，我才不想管你。"母亲认为这一切原本就不应该发生，只是父亲过于任性，不配合就医才导致这个结果。

父亲转头望向我，目光柔和，不再冷漠如冰。我低头喊了一声爸爸，他伸手捋着胡须，忽然问我："假如我这次走了，你是不是就自由了？"这句话怎么如此耳熟，我有些猝不及防。

苦思冥想许久，我终于记起小时候曾经写过的一篇日记。那时，我经常处于被父亲责骂的恐惧之中，竟然巴望着父亲生命完结的那一天，我觉得唯有如此才能脱离苦海。我甚至憧憬过这样的场景，老态龙钟的父亲坐在轮椅上，而我年富力强，站在他的面前挑衅般地耀武扬威。我在日记里如实写下了这样的语句，不幸被父亲发现，再度招来了一顿皮鞭之苦。

如今，父亲正有气无力地坐在我的对面。我惊讶地发现，即便如此，他依然主宰着整个屋子的气氛。他举手投足之际，我内心深处依旧不可避免地产生敬畏。这种感觉不是单纯依靠武力就能消除的。惧怕父亲这件事，恐怕是根深蒂固，不会有丝毫改变了。

|四十五|

父亲出院前，肾病科的主任联系我，说务必和我见一面。莫非父亲的病情又出现新的情况？我连忙请假赶到医院，看到一位戴眼镜的中年男子正在病房的走廊处等着我。中年男子问："你就是他的儿子吧？"我点头称是。"那你跟我走吧，看看这件事怎么处理。"他一边说，一边领着我，走到另一侧的医务人员更衣室。只见室内堆满了大米、花生油还有鸡蛋，我感到莫名其妙。

中年男子一脸严肃地对我说："你爸爸一定要感谢医生的救命之恩，我们告诉他这是医生应尽的本分，可是他就是要执意表达谢意。今天他悄悄在网上买了这么多东西，硬生生塞到我们这里，真是愁死人了。我们是有纪律和规定的，这么多的东西放在这里，影响极其不好，不知情的还以为我们违反纪律了呢。"我这才明白父亲又搞了这么一出幺蛾子，但也无可奈何。父债子还，我确实应该帮主任解决这个麻烦。当即，我给朋友们挨个打了电话，让有车的赶紧来搬东西。事后，朋友们不忘调侃我说，医院竟然还有这么好的福利，这样的好事以后多多益善。

忙碌了一个下午，更衣室内的东西总算全搬走了。我再度找到中年男子，告知他已经处理妥当。他带着歉意对我说："真是辛苦你了。"我惭愧地回答："是我父亲给您添乱了。"他摇了摇头，说道："你父亲是个好人，他的心情其实我们都能理解。"我连声称谢，医生的话确实一语中的，父亲的确是个非常善良的人。

他又问我："你在家里可是独子?"我点了点头。他用赞许的口吻对我说："总听到你父亲说起你，今日一见，确实很优秀。"这句话令我微感诧异，不明所以。他告诉我，这些日子里，父亲和医生还有病友们谈论最多的便是有关我的话题。父亲会津津有味地看着网上采访我的报道文章，然后分享给身边的每一个人。"这就是我儿子，"他指着我的照片告诉医生说，"是个大学兼职教授，别看他有模有样的，当然比起他老子来，他始终是差了一点。"说完，他又迅速改口道："其实儿子还是比我有出息。不过话说回来，没有老子的教育培养，他哪儿来的这些个成就？"

中年男子最后语重心长地对我说："看得出来，你爸爸发自内心地为你感到自豪。"这是我第一次从陌生人的口中，得知父亲对我的评价。这些话，他从没有当面对我说过，我一直以为父亲对我的所作所为颇为不满，或者是有些不屑，所以我也从不肯和他说起我工作上的事情。我愣了一会儿，问他："我父亲究竟还说了些什么？"他仔细回想后，告诉我说："你父亲好像还有些自责。他说从小对你的管教太过严厉，以至于你长大成人后，都不敢与他亲近，这是他很后悔的一件事。你们父子的感情确实很好，真令人羡慕。"他再度发出感慨。

此时，我忽然意识到，我似乎从未认真审视过我与父亲的关系。或者说，一直以来，我带着一种成长的偏见去看待和父亲的关系，潜意识里认为父亲和我之间似乎没有什么可说的，所以很难主动体会深藏其后的情感。这样的父子相处模式，令我想起英国著名作家埃德蒙·戈斯的回忆录《父与子》中所描述的内容。书中构建了一个偏激、粗暴且狭隘的父亲形象，父亲对信仰的偏执，可以说是一种温柔的束缚，使作者对父亲的态度十分纠结。尽管两代人在伦理道德上的矛盾日益凸显，但是他依然对父亲充满了敬意。是的，我对父亲也同样抱以敬意，但还夹杂着畏惧的成分，所以我习惯了敬而远之。

如今，我回想起中年男子的话语，才真正看到了父亲的内心。仿佛有个声音在对我说："不要以为，你的努力父亲没有看到，也不要以为，父亲并不关心你的一切。实际上，你的那些小心思，他一直都看在眼里、记在心上，还时不时地用严厉的方式纠正你的行为，给你一种不近人情的感觉。恰恰是因为爱你，所以父亲才不得不搬出一副严肃的面孔，希望通过这样的方式，在你的心中，树立他的威严，实现指引你的目的。每每看到你收获了一份成功，父亲都会为你感到欣慰，他或许从不会当面夸赞你，但是他的内心深处，早已为你的成长感到骄傲。"

有关父亲的思绪就这样循环着冒了出来。当监测仪忽然发出急促的警报声时,我这才回过神,看到父亲在床上依旧昏睡。

护士快步走了进来,重新启动了一遍仪器,父亲的指标又渐渐恢复平稳。母亲问:"一切都正常吗?"护士回答说,现在看着没有问题。

过了一会儿,母亲走到床尾处,轻轻掀开被子的一角,仔细观察着父亲的脚。我好奇她的举动。母亲说:"'男怕肿脚,女怕肿脸。'你看他的脚一点毛病都没有,我觉得他能好起来。"

我低头看着父亲,他的手指头相互交叉着放在腹部,手背部呈暗黄的颜色,跟泛黄的旧墙纸一样。指关节处的皮肤呈现不成比例的极深的褶皱，看上去就像人造的，而非天然而成。再看父亲的脸，还是看不透，尽管躺在那里的他平和安静，但脸上并不是空白一片，上面仍然留有一些我只能用意念这个词来解释的痕迹。

我想到，我以前总是试图去确定他脸上有什么样的表情。我总是在看着它的同时去试着解读它。但现在它关闭了。

父亲在床上昏睡了两天。在元旦前的清晨，他忽然苏醒了。当时，我和母亲一度以为这是父亲好转的迹象。圆脸医生悄声提醒我，应该是回光返照，如果父亲有想见的亲人或者朋友，可以通知他们来做个道别。对医生的话，母亲尽管格外排斥，但她还是通知了父亲的弟弟妹妹。父亲知道了这一切，他坚持要自己打电话通知。在电话里，他告诉每一个人，他大约一个小时后就会见阎王爷，如果谁迟到了，他就到阎王爷那里投诉。护士听到父亲的话笑了，她说从来没有见过这么有趣的老爷子。

在送走亲戚们之后，父亲和我在病房里进行了一场对话，也是他人生中最后的、极为短暂的对话。父亲目不转睛地望着我，他的声音已经相当虚弱，到了油尽灯枯的地步。他说："走到今天这一步，你吃了不少苦，受了不少气，你过来了，是条汉子。你不要活得太累，没必要。人生苦短，转念就是百年身。"我握着父亲的手，唯一能做的是不让自己发出一点声音，不要有一声哭泣。

父亲喘着气继续说："我不后悔。让你和你妈在我身边受了不少委屈，我做错了不少事，过去了，一笔勾销了。"我明白这是父亲与我达成和解的感悟。尽管我们的思维方式和对人生的看法不同，但是牵绊着我们的一种类似缘分的东西，毫无疑问在我心中引起了强烈震撼。站在枯瘦如柴的父亲面前，我不容分说地感受到这一点。哀伤的情绪瞬间如潮水一样，冲击着我脸上的各个部位。

　　我用我的手机记录了父亲的声音，不过只是录音，不是录像。我之所以录下他的声音，是因为他的声音听起来还是正常的，听起来仍然像是我那个健康的父亲，而我想要记住的就是那样的他。

|四十七|

父亲于元旦凌晨五点二十五分去世，我目睹了他离开的全部过程。

那天晚上，我一直握着父亲的手，他的手始终是冰凉的，仿佛随时传递着死亡的气息。此时的父亲已经处于完全昏迷的状态。护士会定时走过来，拨开父亲的眼睑，用手电筒检查瞳孔的状态，并做下记录。我问她情形如何，她摇了摇头，回答说反射几乎没有了，恐怕随时都会有危险。

监测仪忽然又发出刺耳的警报声，我注意到呼吸罩下父亲的嘴角开始渗出一股股血渍，我晓得这一定是不好的征兆。护士急慌慌地将我和母亲推到病房外的走廊上。医生再度询问我们是否同意采取电击等抢救措施。母亲果断地摇了摇头，她说不想让父亲遭罪，给他留点体面和尊严。医生点了点头，转身将病房的门轻轻关闭。

大约过了二十分钟，医生走出病房，不无遗憾地向我们告知了父亲死亡的信息。

我们走进了病房，看见父亲依旧静静地躺在床上。窗外的天空阴沉沉的，衬托得房间里的光线分外刺眼。我站在父亲身边，看到他的眼睛和嘴已经完全闭上。他的呼吸面罩被除去了，但监测仪的各种线依然缠绕在他身上，监测仪上的心率呈现一条直线，唯有血压的数值还尚存少许。父亲的身上盖着一席薄薄的棉被，犹如盖在一段硬邦邦的枯木之上。一切都在提示我，父亲真的去世了，这次是真正地从我的身边离开了，而且是永远地离开。

我想这是在葬礼前最后一次审视父亲的脸了。我一再地不断地注视着他，注视着这张熟悉的面庞。我想，正是在这容颜的伴随下，我逐渐长大成人的。

我自认为熟悉父亲的容颜。但不是现在这副样子，它与我的记忆完全不同，眼前的情景令我感到仿佛在看着一个陌生人。父亲那焦黄的面孔上开始呈现出一种死灰色，看上去像是一块木雕，让人感觉不到任何的情感。我终于意识到，眼前的父亲不再是一个生命，只能称为躯体了。

母亲表现得颇为镇静，这一点有些出乎我的意料。我曾经在脑海中假想过父亲过世的场景，我们应该是一副痛哭流涕或者捶胸顿足的样子，至少母亲应该悲痛得难以自抑吧。实际上，现场的每一个人都很安静。

母亲站在床的另一侧，同样怔怔地望着父亲。忽然她像是自言自语般喃喃说："看他的表情，真像是睡得很安稳的样子呢。"

殡仪馆的人在医生的引导下，正站在病房外，安静地等候着我们。母亲吩咐我出去办理手续，她说想再单独陪父亲片刻，医生点头同意。

我们出来之后，母亲悄悄合上了门。关门那一瞬间，我听到母亲压抑着的啜泣的声音，变成了持续不断的低声哭泣。

我和经办丧礼的工作人员握了握手，开始讨论这几天举行追悼会的一些情况。他耐心地询问了相关诉求后，问我对化妆有什么要求。我说自然点就好。他点了点头说，如果没有别的要求的话，就请在追悼会那天早些来。

说完，他走进屋里，将父亲仔细包裹起来，准备抬到手推车上推走，母亲在旁边流露出一副不舍的样子。我忽然想起来一个细节，对工作人员说请不要剃掉父亲的胡须。他从衣兜里摸出一支黑色中性笔，在包裹上写下"留胡子"的字样。

在我们的注视下，父亲被推进了太平间。哐当一声，伴随着门被严严实实合上的声响，我仿佛失落了什么，一种身体被掏空的感觉油然而生。

我最后一次见到父亲的面容是在追悼会上。父亲的脸颊是红色的，眼睛是合上的，脸上的表情很柔和。微微上扬的嘴角上丝毫看不出对死亡的恐惧，而是一种来自内心的、久违的释怀感。

我心里涌上的一股新的悲恸袭遍全身。起初，为了掩饰夺眶而出的泪水，我低着头不敢完全表现出来。当氛围音乐响起，周围的人都在抽泣的时候，我终于忍不住喉头的压迫感，所有的情绪都瞬间迸发出来。

我把自己的感情完全敞开了，不再顾及丝毫的尊严，我情不自禁跪在了父亲面前。我抬头望着眼前的这副躯体，对我来说，他是一个父亲，永不会改变。

|四十八|

我打算写一本给我父亲的书，他对于我真的有这么重大的意义吗？我没有意识到这一点。但事实如此，这本书就是为他而写的。

我在写每一个与父亲有关的章节时，便感到自己已经融入文字里，情绪也沉浸在一种汪洋肆虐的悲恸之中。特别是一写到父亲，泪水就沿着脸颊往下流。我一度几乎看不清键盘或是屏幕，竟然难以敲打出完整的语句。每一次的呼吸都变得分外艰难，仿佛整个人都浸泡在酸涩的池水中，越想挣脱出来，越是被腐蚀得痛苦不堪。我越来越深刻地感受到父亲内心深处埋藏着的感情。然而我曾经却那么刻意地与他保持距离，刻意不让他触及我的事情。现在我坐在这里写着，眼泪哗哗直流。我仿佛又回到了那年那月那日子，周遭一切都渐渐不复存在，就剩下一种感受，一种因时间渐久，而变得愈加沉重的感受。

这是二〇二三年一月二十一日，除夕的清晨。我坐在书房里，一边听着保罗·西蒙的音乐，一边思考着我写下的文章里，有没有遗漏的地方。我看到了面前的玻璃窗上映照出我的面容，除了眼睛还闪着光亮，其余部分因微弱的反光显得暗无光彩，左面整个脸处在阴影之中，朦胧不清。那张脸，像是从遥远的地方注视着我。

不知情的朋友不断给我发来拜年的祝福，我不好回复，也不愿告知他们实情，遂把微信的头像替换成黑白色调的蜡烛图案。我试图通过委婉的表达方式，让关注我的朋友们能有所理解。如此显而易见的图片，但凡直觉敏感的人都会明白。不久，一位女士发来私信，她直言不讳地称赞我的新头像，并好奇地问我为何喜欢上黑白复古风。我感到无可奈何，但我明白她委实太过年轻，对于生老病死的情绪感受是全然不懂的。

当然也有老朋友知道我父亲去世的消息，毕竟父亲仅仅是个普通人，不是历史上的帝王，类似秘不发丧这等事情，我是万万做不出的。他们来到家里，劝慰我尽快走出悲伤，不要让它完全占据我的身心。朋友说，他的父亲于三年前去世，巧合的是，和我父亲是同一天。我问他多长时间才接受父亲不在的现实，他想了想，回答说差不多半年。我的泪水莫名地涌了出来，直到滴落我才察觉。这真是多愁善感，脆弱到家了。我想控制自己，但是毫无效果，那段时间，我已经陷入柔软、模糊、没有边际的情绪里，没法走出来了。

文章写完的当天晚上，我梦到了父亲。这是父亲去世后，我第一次在心里唤起对他的回忆。不是他最后几年的模样，而是我童年时和他在一起的样子。那时候，我在湖边捕鱼，父亲推着自行车，微笑着站在我的身后。不算浓密的黑色头发，清秀的面庞，有些不匀称的脸颊上挂着一层小水珠。上绿下蓝的空军制服，大檐军官帽，黑色大头皮鞋。

就是这样的形象。

谨以此书献给我的父亲。

二〇二三年一月于北京

|后记|

　　这本书可以说是一气呵成写下的，前后耗时一个月有余。当写完最后一个字的时候，我的情感和这些文字之间建立起了一种奇妙的和谐，仿佛重温了一部关于父亲一生的文艺片。

　　在写作的这段日子里，我经常将自己关在书房很久，同时循环播放着同一首歌曲。当然不是为了沉淀思绪，也不是为了沉淀感情，更多的是为着一种气氛，一种空荡的屋里的气氛。

　　我为这部作品连续失眠了数日，总是担心写出来的内容不如曾经的设想，那样的话未免太让人失望了。我觉得我所需要表达的一切，都已经存在于这些文字里，只是被整个压缩了。我明白，我需要去捕捉蕴藏在字里行间的精髓，并用一个想法让文字运转起来，这是最重要的。多年以来，我试图写过我的父亲，但没能做到，一定是由于他太过贴近我的生活，很难迫使我进入文学创作中，假使这是文学作品的话。

说到这里，我要由衷地感谢出版社的编辑老师。当她给我来电话时，她是那么耐心。她说："你只要保持这种创作的激情，不用考虑任何形式上的禁锢，进入沉浸式写作和心流状态即可。"她还说，情绪无须克制，要释放出来，写作也是对父亲的一种特殊陪伴。在她的鼓励下，我才得以心无旁骛地写完整部作品。

我写作的时候大都是在晚上，因为白天没有自由的时间。父亲刚去世的日子里，各种琐事纷至沓来，而我却不得不认真对待。不仅仅因为那些必须走的流程，更因为父亲的兄弟姐妹给予的热心建议。他们一向重视恪守家乡习俗，自然会放心不下父亲的葬礼以及后事。对于这样的善意我断然不能拒绝。他们会不厌其烦地叮嘱我：头七、三七、五七乃至七七，我应该说什么，准备什么；选择墓地的时候务必请风水师看一看；下葬的时候必须选个黄道吉日；今后的一段时间我应该注意的禁忌；等等。诸如此类的说法举不胜举，如若一一照办的话，我觉得申请停薪留职，回家丁忧再合适不过了。

不过，往往经历了白日里的奔波，我回到家里便发现很难凝聚起写作的欲望，创作的激情似乎被那些杂事抽丝剥茧般消耗殆尽，这让我颇为苦恼。我住在部队的干休所小区，邻居大都是父亲曾经的同事。对于父亲去世一事，他们是陆陆续续知道的。我每天早出晚归的时候，在电梯间难免会遇到三三两两的叔叔阿姨。他们看到我，神情立即变得悲恸起来，不约而同地叹气，纷纷劝我节哀，要照顾好母亲。如此持续了一个多星期，每天都会遇到不同的面孔，但是安慰的话语和神情如出一辙。我礼貌地感谢他们的关心，也正是由于他们这种时刻的提醒，我的悲伤情绪一次又一次地被激发起来。

我写作一事，同事们大都不知晓。见我终日没有动静，微信也鲜有回复，他们误以为我尚沉浸在缅怀父亲的悲伤之中，无法自拔。他们刻意为我安排了各种社交活动，期冀我早日忘却这段忧伤，尽快回归到正常的工作与生活中。有时候，他们还会晚上来到我家楼下，陪我在小区里散散步，不厌其烦地听我讲述父亲的故事，并表现出足够的耐心与同情。对于他们的好意，我心存感激。

我在写作过程中，心底终究有许多不确定性。这种不确定性源于我的外部归因型人格，我很在意周围人对我的看法。为了打消这种不安，我找了一个颇为知心的朋友，每天将写完的片段发送过去，请她讲述一下读后的感受，从中汲取一些修改的灵感。她评价说，文从字顺，感情自然真挚，可惜就是故事情节太短，有种意犹未尽之感。我相信她说的是肺腑之言，并非敷衍。

　　我的母亲并不知晓我写书之事，以她的性格断然不肯同意我写这样的私人化文章，她不希望外人知道自己家里发生的故事。她是一个非常典型的中国传统女性，隐忍、内敛、含蓄。书中关于父亲的许多细节我不敢向她求证，只好凭借记忆和翻阅父亲曾经写过的文章，从中找到一些只言片语拼接起来。实在遇到不清楚的地方，为了追溯根源，我还特地给父亲的兄弟姐妹打电话，一点点打听与父亲有关的故事。某种意义上，我这次写作的严谨程度不亚于写科考文献。

　　我便是在这样的背景下完成了这部作品的创作，与其说是后记，其实更像是一封感谢信——对所有帮助我的、关心我的朋友，在此深表感谢。